Christoph-Maria Liegener

Alles Idioten!

Meine gesammelten Meckereien

Herstellung und Verlag:
BoD – Books on Demand, Norderstedt

ISBN:
9783752897005

Inhalt

Vorwort

Die vorliegende Sammlung von Texten ist eine humoristische Auseinandersetzung mit einer grotesk überzeichneten Welt. Die Texte sind nicht so böse gemeint, wie sie sich lesen. Ich glaube, dass diese kleinen Lästereien von der Freiheit des Humoristen gedeckt sind.

Jegliche Ähnlichkeit der vorkommenden Personen mit tatsächlich lebenden Menschen wäre rein zufällig und unbeabsichtigt. Es soll alles nur Spaß sein. Sollte sich jemand verletzt fühlen, bitte ich aufrichtig um Entschuldigung und widerrufe das, was verletzend gewesen sein mag.

Mehr noch: Ich möchte die Leser warnen, dass eventuell unangenehme Wahrheiten ausgesprochen werden könnten, die sie nicht hören wollen. Lesen ist dann immer noch harmloser als hören. Trotzdem sei empfindsamen Gemütern von der Lektüre des Büchleins abgeraten.

Christoph-Maria Liegener

Einleitung

Geht es Ihnen auch so? Manchmal scheint es, als ob die Welt voller Idioten wäre. Daran ist natürlich nur die selektive Wahrnehmung schuld. Trotzdem ist der Eindruck sehr überzeugend. Das muss tiefer liegende Gründe haben. Die Evolution könnte bei der Schaffung des Menschen doch einige Fehler gemacht haben, die wir uns nur nicht eingestehen wollen. Warum auch? Die Evolution ist ja noch nicht abgeschlossen. Vielleicht wird es in Zukunft besser mit uns Menschen.

Vorerst müssen wir jedoch mit unserer Unvollkommenheit leben.

Um diese kleinen Unvollkommenheiten von uns Menschen soll es gehen, nicht um wirklich große Fehler, nicht um die große Politik. Manchmal geschehen kleine Dummheiten unbeabsichtigt, manchmal sind sie boshaft gemeint. Man sollte gar nicht erst versuchen, letztere zu verstehen, sonst begibt man sich in einen Sumpf.

Trotzdem kann man all die Idioten nicht ignorieren. Sie beherrschen die Welt bis in jede hinterste Ecke. Gerade die kleinen Ärgernisse des Alltags gehen einem auf den Wecker, die, mit denen jeder einmal in Kontakt kommt.

Das Einzige, was einem übrig bleibt, ist, all den Idioten gedanklich eine lange Nase zu drehen. Was ich hiermit tue.

Was ist ein Idiot?

Genaugenommen ist ein Idiot eigentlich jemand, der sich nicht um die Staatsgemeinschaft kümmert. Das käme jedenfalls der etymologischen Herkunft des Wortes „Idiot" nahe, das auf das altgriechische Wort für Privatperson zurückgeht. Es bezeichnete Leute, die sich aus den öffentlichen Angelegenheiten heraushielten, kein öffentliches Amt bekleideten.

Heute geht die Mehrheitsmeinung, so wie ich sie wahrnehme, eher in die Richtung, solche „Privatpersonen" als weise einzuschätzen. Man neigt dazu, sie für vernünftiger zu halten als die allgegenwärtigen Politiker. Als Idiot wird heute allgemein ein dummer Mensch bezeichnet. Daher gilt die Bezeichnung als Schimpfwort. Für mich persönlich ist damit jemand gemeint, der nicht nachdenkt und dadurch falsch handelt, jemand, der statt durch Vernunft und Güte durch niedere Instinkte geleitet wird: Faulheit, Geldgier, Missgunst usw. Das macht ihn für mich unsympathisch. Jemand, der nur äußerst dumm ist, kann womöglich nichts dafür. Er ist so geboren worden. Solche Menschen hätte man in der früheren Medizin als „Idioten" bezeichnet. Ich würde ihn vielleicht, wenn es zuträfe, als geistig behindert einstufen, nicht als Idiot. Ein Idiot hingegen – so sehe ich es – ist einer, der bewusst zu Lasten anderer handelt, einen möglichen Schaden durch seine Handlungen billigend in Kauf nimmt, sich vor seiner Verantwortung drückt, sich gelegentlich sogar bösartig verhält. Vor allem fehlt ihm der Blick für seine Mitmenschen. Sein Verhalten gibt Anlass zu Missbilligung.

Die idiotische Handlungsweise mag auf mangelnde Kompetenz zurückzuführen sein. Dann kann der Betreffende möglicherweise nichts dafür, gehört aber nicht auf seine Position. In diesem Fall sind andere tadelnswert, die ihn dorthin gebracht haben. Es mag aber auch auf absichtliche Pflichtverletzungen zurückzuführen sein. Dann ist er selbst tadelnswert.

Der Idiot (geschlechtsneutral gemeint – es gibt sie auch in weiblicher Ausprägung) kann, bevor man ihn durchschaut, durchaus sympathisch erscheinen. Hinterher ist man schlauer.

Allgemein würde ich sagen: Idiotie ist eine Charaktereigenschaft. Sie kann mit mangelnder Intelligenz einhergehen, muss aber nicht.

Film und Fernsehen

Über das Fernsehen hat sich wohl jeder schon einmal geärgert. Es ist heute so allgegenwärtig, dass man es nicht einfach ignorieren kann. Umso schlimmer, dass ich mich immer wieder fragen muss, ob unter den Machern nicht jede Menge Idioten sind.

Es ist schon eine Unverschämtheit: Einen Dreiteiler zu senden und dabei den zweiten Teil einfach wegzulassen, weil aus sogenanntem „aktuellem Anlass" irgendein Special dessen Platz einnehmen musste. Die Zuschauer werden dabei natürlich nicht gefragt. Die hätten sich für die angekündigte Folge entschieden. Aber die Programmgestalter machen ja, was sie wollen. Sie schreiben den Zuschauern vor, wofür diese sich zu interessieren haben. Leisten können sie sich das allerdings nur, wenn sie auf die Zuschauer nicht angewiesen sind. Man kann sich schon denken, welche Sender das sind.

Dann wird gesagt, die zweite Folge wegzulassen, wäre doch nicht so schlimm, als wenn die letzte fehlte und man nicht wüsste, wie es ausginge. Das ist zwar richtig, aber soll das eine Entschuldigung sein?! Das ist ja, als ob man sagen würde: „Danke, dass sie mir nur die Kniescheibe zertrümmert haben und mich nicht ganz umgebracht haben."

Überhaupt haben Mehrteiler das Problem, dass man am Anfang einer Folge erst einmal wieder in die Story hineinkommen muss. Meist liegt die letzte Folge schon eine Woche zurück. In meiner Jugend war es in solchen Fällen üblich, am Anfang der Folge eine kurze Zusammenfassung der bisherigen Ereignisse zu geben – unter dem Titel: „Was bisher geschah ...". Das war ganz vernünftig.

Heute macht sich keiner mehr diese Mühe. Entweder geht es direkt weiter oder es werden am Anfang kommentarlos ein paar Schnipsel der vorhergehenden Sendung zusammengewürfelt. Ich halte das für Faulheit.

Eine andere Erklärungsmöglichkeit wäre, dass man den Zuschauer leicht überfordern will. Er soll sich nicht so recht auskennen und erst nach Recherchieren in den vorherigen Teilen wieder durchblicken. So erzeugt man den Nimbus einer schweren Verständlichkeit bei vorgetäuschtem Tiefgang.

Zu dieser Theorie passt auch der Umgang mit Untertiteln. Es kommt immer häufiger vor, dass in den Filmen fremdsprachige Texte vorkommen, die nicht synchronisiert, sondern untertitelt werden. Das wirkt realistisch, weil die Leute ja in dem Moment tatsächlich in einer Fremdsprache reden. Schlimm ist nur, dass die Untertitel kaum gelesen werden können. Zum einen erscheinen sie gern ohne Kontrast vor einem fast gleichfarbigen Hintergrund – z.B. weiß vor weißen Wolken –, zum anderen blitzen sie nur für den Bruchteil einer Sekunde auf. Wieder wird dem Zuschauer das Gefühl der Minderwertigkeit suggeriert, da offenbar die Macher jede Fremdsprache verstehen und nur die dummen Ignoranten überhaupt Untertitel brauchen.

Außerdem soll man denken, zu langsam mit dem Lesen zu sein, wenn man den Untertitel nicht fertiggelesen hat, wenn der nächste erscheint. Es ist ein Phänomen unserer Zeit, dass man öfter mal das Gefühl hat, zu langsam zu sein. Die Situation ähnelt der am Computer, wo man schwerer nachvollziehen kann, was geschieht, wenn man nicht selbst interagiert. Man bekommt so das Gefühl, dem anderen unterlegen zu sein.

Völlig zu Unrecht. Die Produzenten würden ihre eigenen Filme auch nicht besser verstehen können, wenn sie sie noch nicht kennen würden. Denjenigen, die uns so überfordern, kann man es nicht einmal übelnehmen. Sie genießen das Gefühl der Überlegenheit in diesem Augenblick. Im nächsten Augenblick sind sie selbst wieder die armen Würstchen.

Die Zuschauer sollten sich nicht gefallen lassen, für dumm verkauft zu werden. Selbstbewusstsein zeigen!

Es geht ja schon mit dem Anfang des Filmes los. Der Spielfilm beginn übergangslos. Da lief gerade noch ein Trailer für einen anderen Film und schon befindet man sich in der ersten Szene des erwarteten Films. Man merkt es erst gar nicht; denn im Gegensatz zu früheren Zeiten beginnen die Filme nicht mehr mit dem Vorspann. Das ist nicht nur schnodderig, sondern auch ärgerlich. Helfen würde eine Ansagerin oder ein Ansager, wie es früher einmal üblich war. Das wurde wohl aus Kostengründen abgeschafft. Aber man könnte doch wenigstens eine Tafel mit dem Hinweis einblenden, dass jetzt der Film begänne. Wenn es nicht zu viel verlangt wäre, könnte man sogar den Titel des Films erwähnen. Notfalls würde schon ein Countdown vor Filmbeginn genügen, wie er früher am Anfang der Filmrolle erschien. Einen Lichtblick gibt es: Wenn der Film eine eingeschränkte Altersfreigabe hat, muss vor Beginn ein entsprechender Hinweis erscheinen. Dann weiß man, dass es losgeht.

Die Filme selbst sind wieder eine andere Sache. Was gar nicht geht, ist der dramaturgische Kniff, den Zuschauer zur Abwechslung mehr wissen zu lassen als die beteiligten Personen des Films. Diese Unsitte führt zu Ärger und sie ist nicht neu. Schon bei den Lassie-Filmen der Schwarz-Weiß-Ära hätte man am liebsten den Akteuren zugerufen: „Jetzt hört doch endlich auf eure Hündin!" Die wusste nämlich alles und mit ihr der Zuschauer. Was da entsteht, ist nicht Spannung, sondern Ungeduld. Bitte nicht verwechseln! Dieses Stilmittel kann getrost in der Versenkung verschwinden. Keiner braucht es. Schlimm genug, dass wir es sowieso täglich in der Wirklichkeit erleben: Man weiß, was schiefläuft, und die zuständigen Politiker scheinen es nicht mitzubekommen. So entsteht Geschichte.

Ein trauriges Kapitel sind ferner die Schauspieler. Sie scheinen die Rollen nach ihren Beziehungen zu bekommen. Was da für Backpfeifengesichter in den Filmen herumlaufen! O.K., nicht jeder muss eine

Schönheit sein. Wer hat schon echtes Charisma? Das ist nicht jedem gegeben. Aber muss man dann unbedingt eine Hauptrolle bekommen? Aber so läuft das halt in dem Geschäft: Man will die Freunde nicht hängen lassen.

Ist das gerecht? Natürlich nicht! Es gibt ein Heer von arbeitslosen Schauspielern, die nur auf eine Chance warten. Warum nicht auch einmal an die denken?

Die Problematik der schlechten Ausstrahlung mancher Schauspieler scheint man mittlerweile oft zu erkennen, nicht zuletzt, weil die Einschaltquoten fallen. Nur reagiert man leider, wenn überhaupt, verkehrt.

Man wechselt nicht etwa die unsympathischen Schauspieler aus, sondern versucht, ihnen über das Drehbuch ein sympathisches Image zu verpassen. Das ist nicht der richtige Weg. Der Zuschauer merkt, dass er manipuliert werden soll, und reagiert verärgert.

Eine andere Möglichkeit wird auch gern gewählt. Man stellt dem unsympathischen

Schauspieler einen sympathischen Kollegen zur Seite. Nur darf jener die eigentliche Hauptperson nicht an die Wand spielen. Also wählt man einen zwar sympathischen, aber farblosen Schauspieler. Auch diese Lösung ist im Endeffekt unbefriedigend.

Was waren das für Zeiten, als die großen Schauspieler noch Charakter, Charisma, Ausstrahlung und Klasse hatten! Man merkt, dass ich aus einer anderen Zeit komme. Vielleicht hat sich ja der Geschmack mit der Zeit gewandelt. Vielleicht mag man heute diese Allerweltstypen. Ich werde mich wohl umstellen müssen.

Ja, die alten Zeiten! Früher war doch alles besser. Nicht wirklich, aber anscheinend doch zumindest die Filme. Warum sonst werden heute unaufhörlich die alten Filme nachgemacht? Man nennt das auf neudeutsch „Remake". Das Ergebnis kann sich mit dem Vorbild oft nicht im Entferntesten vergleichen. Warum dann der Zirkus? Wohl, weil einem nichts Neues mehr einfällt. Originelle neue Drehbücher muss man mit der Lupe suchen. Jedenfalls verfilmte. Es mag sein, dass unbekannte Autoren solche Werke verfassen, aber auch ihnen gibt man zu wenig Chancen.

Dafür gibt zu erfolgreichen Filmen sofort zahlreiche Sequels, Prequels und Spin-Offs. Dadurch wird die Welle am Laufen gehalten und wächst weiter an. Die auf diese Weise angehängten Filme werden immer erfolgreicher, während ihre Qualität immer weiter abnimmt. Gut für die Produzenten, schlecht für die Zuschauer. Die Idioten sind in diesem Fall wir, die Zuschauer. Wir laufen in Scharen dem Hype hinterher und werden für dumm verkauft.

Shows gehören zum Fernsehen und es gibt einige großartige Shows. Jede Show bekommt einen Moderator und es gibt legendäre Vertreter dieser Berufsgruppe. Allerdings gibt es auch Shows, die von allein laufen würden, wenn sie nicht durch das permanente blöde Hineinquatschen eines Moderators gestört würden. Solche Typen gibt es leider viel zu oft. Sie haben eigentlich keine Existenzberechtigung und versuchen, ihre Anstellung, die durchaus teuer ist, dadurch zu rechtfertigen, dass sie möglichst viel reden. Dass ihr Gerede den Zuschauer überhaupt nicht interessiert, scheint sie nicht zu stören. Um nicht zu verblöden, muss man abschalten. Dabei hätte einen die Sendung durchaus interessiert. Man kann nur hoffen, dass die Sender bald Qualitätsstandards für Moderatoren schaffen und gegebenenfalls auch mal eine Sendung ohne Moderator laufen lassen. Da ließe sich mal sinnvoll sparen. Aber das sind ja Pfründe, die man sich gegenseitig zuschanzen will.

Man muss aber auch für manches dankbar sein. Eine so große Zahl von Programmen hatte man früher (in meiner Jugend) nicht zur Auswahl. Damit kommt natürlich auch die Qual der Wahl. Zu oft überschneiden sich Sendungen, die man gern sehen möchte. Wer da keinen Festplattenrecorder hat, ist aufgeschmissen. Immerhin gibt es heute auch die Mediatheken im Internet, wo man verpasste Sendungen nachträglich sehen kann.

Trotzdem erschließt es sich mir nicht, dass zwei Sender, die zusammengehören, zwei Filme, die die gleichen Interessenten ansprechen (z.B. Krimis), zur gleichen Zeit senden. Wie kann das passieren. Sprechen die Kollegen nicht miteinander?

Liebenswerte Idioten

Ja, die gibt es auch, vorzugsweise im Bekanntenkreis: liebenswerte Idioten. Das sind solche Menschen, die etwas eigentlich gut meinen, es aber gründlich verbocken. Womöglich will einer mir gerade einen Gefallen tun, stellt sich aber dabei so furchtbar dumm an, dass es nicht nur schief geht, sondern auch noch Schaden entsteht. Dem kann ich doch dann nicht böse sein. An der Stelle heißt es: Zähne zusammenbeißen und gute Miene zum bösen Spiel machen.

Geradezu prädestiniert für diese Rolle sind Ehemänner. Sie stellen sich von Natur aus tollpatschig im Haushalt an und zeigen doch manchmal guten Willen. Dann wollen sie helfen und verursachen eine Katastrophe nach der anderen. Und haben sie zu allem Überfluss noch willkürlich selbst provoziert.

Ein Beispiel: Da gibt es den Mann, der seiner Frau hilft, ihr geerbtes Geschirr ins oberste Regalfach des Küchenschrankes zu räumen, weil sie da nicht rankommt. Gerade hat er eine einmalige Terrine in den Händen, da kann er es nicht lassen, ein kleines Späßchen zu loszulassen.

„Was sich liebt, das neckt sich", denkt sein Spatzenhirn. Er tut so, als würde er stolpern und die Terrine fallen lassen, fängt sich dann aber und will sich dafür feiern lassen, dass er die Terrine im letzten Moment noch auffängt. Ungeschickt, wie er ist, kann er sie bei dem ganzen Theater dann doch nicht halten. Sie fällt hinunter und zerspringt in tausend Stücke. Die Frau steht wie erstarrt und sobald sie wieder zu sich kommt, denkt sie sich:

„So ein Idiot!"

Er selbst denkt:

„Ich Idiot!"

Aussprechen werden sie es beide nicht – sie wissen es auch so. Immerhin bereut der Mann aufrichtig und gelobt Besserung ... bis zur nächsten Dummheit.

Kann man auch die gutmütigen Idioten zu den liebenswerten Idioten rechnen? Unbedingt! Hier handelt es sich um jene Zeitgenossen, die zu allen Menschen gut sein wollen und zum Dank dafür gnadenlos ausgenutzt werden. Sie werden es nie lernen und das ist gut so. Wie schön, dass es solche Menschen noch gibt!

Sind sie überhaupt Idioten? Sie sind so, wie man es auf dieser Welt eigentlich nicht sein kann, wenn man durchkommen will. Das könnte man unbelehrbar und idiotisch nennen, aber das würde die Tatsache verkennen, dass in Wirklichkeit diese Menschen in Ordnung sind – die Welt um sie herum ist nicht in Ordnung! Es sind gerade diese Menschen, die uns Hoffnung für die Menschheit geben können.

Harmlose Idioten

Harmlose Idioten zeichnen sich dadurch aus, dass sie keinen Schaden anrichten. Man kann ihre Handlungsweise zwar nicht nachvollziehen, lässt sie aber gewähren, solange nichts passiert.

Zu dieser Spezies gehören beispielsweise Leute, die sich bei eisiger Kälte auf einer Open-Air-Silvesterparty zu Hunderttausenden wie die Sardinen drängen. Um überhaupt eingelassen zu werden, müssen sie schon um sechs Uhr abends eintreffen. Dann stehen sie ewig in der Kälte. Wie die Toiletten dort aussehen, kann man sich vorstellen.

Und wozu das alles? Um ins Fernsehen zu kommen? Um sich die blöde Anheize der Moderatoren anzutun? Ich weiß es nicht, was diese Menschen antreibt. Aber wenn es ihnen die Sache wert ist, gönne ich ihnen den Spaß.

Ferner gehören zu den harmlosen Idioten all jene, die mit sich selbst sinnlose lebensgefährliche Dinge anstellen, irgendwelche absurden Rekorde aufstellen wollen, um ins Guinness-Buch zu kommen. Solange die Rekorde harmlos sind, kann man drüber lächeln. Wenn aber leichtsinnig mit dem Leben gespielt wird, wird es grenzwertig.

Hierbei gilt es, zwei Fälle zu unterscheiden. Zum einen gibt es jene, die einfach nur den Kick suchen (z.B. beim Bungee-Jumping). Bei diesen besteht noch Hoffnung. So etwas lässt sich behandeln.

Dann gibt es jene, die es tun, um anzugeben. Dabei handelt es sich um einen Charakterfehler und der ist schwerer zu beheben. Das soziale Umfeld ist gefragt. Man muss dem Betreffenden das Gefühl geben, als Person geschätzt zu werden. Dann braucht er keine waghalsigen Kunststücke mehr, um Bewunderung zu erheischen. Es kann jedoch sein, dass der Drang zur Selbstdarstellung schon pathologisch ist. Dann wird es schwierig.

Zu den harmlosen Idioten gehören auch die Fachidioten. Sie sind sogar nützlich, solange sie richtig eingesetzt werden. In unseren Hierarchien ist aber gerade das nicht gewährleistet. Wer immer seine Arbeit fachlich ordentlich verrichtet, wird im Lauf der Zeit stufenweise befördert. Irgendwann erreicht er dann eine Position, wo er Entscheidungen treffen muss. Dann kann es gefährlich werden. Dies ist ein Beispiel des bekannten Peter-Prinzips, das besagt, dass jeder bis zur Stufe seiner Unfähigkeit befördert wird, wodurch überall nur unfähige Mitarbeiter sitzen. Mit anderen Worten: überall unfähige Idioten.

Bemitleidenswerte Idioten

Auch sie kann man als Idioten bezeichnen: liebeskranke Männer. Fast schon ein Stereotyp der Komödien. Wo bleibt die Geschlechtsneutralität? Man hört doch auch von liebeskranken Frauen. Trotzdem sind unter ihnen jene, bei denen die Liebe den Verstand völlig ausschaltet, selten. Sprichwörtlich geworden ist dagegen der „schwanzgesteuerte Mann". Das liegt einfach daran, dass das dafür verantwortliche Testosteron ein männliches Hormon ist. Es formt den heranwachsenden Jugendlichen zum Mann – mit allen Vor- und Nachteilen.

Der Ausdruck „eierstockgesteuerte Frau" hat sich dagegen nicht durchgesetzt. Warum? Weil eine Frau ihren Verstand nicht einfach ausschaltet wie ein schwanzgesteuerter Mann. Es gibt zwar die sogenannte „Torschlusspanik", aber da regiert nicht der Geschlechtstrieb wie beim Mann, sondern eine biologische Notwendigkeit.

Die Sorge um zukünftige Kinder beinhaltet auch, sich die möglichen Partner kritisch anzusehen.

Der liebeskranke Mann hingegen macht sich zum Idioten, was ihm egal ist. Das ist schon wieder sympathisch. Zahllose Lieder erzählen davon, wie ihn die Liebe zu einer Frau quält und wie er dennoch nicht loslassen kann. Das ist der Stoff, aus dem Schmachtromane gemacht sind.

Kann man jemanden, der herzzerreißende Liebesgedichte schreibt, einen Idioten nennen? Das kommt darauf an, was für Dummheiten er in seinem Liebeswahn anstellt. Manche Männer sollen sich schon aus Liebeskummer zu Tode gesoffen haben.

Natürlich hängt es auch davon ab, wie realistisch die Liebe ist, ob der Mann nur ausgenutzt wird, ob das Unterfangen hoffnungslos ist und der Mann es nur nicht akzeptieren kann.

Frauen wissen um diese Schwäche der Männer und nutzen sie gnadenlos aus. Zumindest manche. Gelegentlich. Es sind genau diese eiskalten Frauen, die die Männer um die letzten Reste ihres Verstandes bringen. Mit ihren Opfern hat man Mitleid und bewundert andererseits die alles verzehrende Glut ihrer bedingungslosen Liebe.

Der Umgang mit Sonderlingen

Der Umgang mit Sonderlingen in unserer Gesellschaft ist schizophren. Im Fernsehen haben Sonderlinge Hochkonjunktur. Beispiele sind Sheldon in „The Big-Bang-Theory", Monk und Professor T. in den gleichnamigen Fernsehserien, Professor Boerne im Münsteraner Tatort, Saga Norén in der Fernsehserie „Die Brücke". Oft werden sie als Autisten dargestellt. Sie sind beim Publikum beliebt, man amüsiert sich über sie.

Im wahren Leben nimmt man keine Rücksicht auf solche Menschen. Ihre Schwächen werden ausgenutzt, sie werden fertiggemacht. Es kann schon sein, dass man wirklich über sie lacht, aber es ist ein herablassendes Lachen.

Ein wenig erinnern sie an Tiere im Zoo. Sie werden bestaunt, dienen der Belustigung, aber müssen gefangen bleiben. Auch als moderne Clowns könnte man sie bezeichnen. Sonderlinge können der Unterhaltung dienen, werden aber deshalb noch lange nicht für voll genommen. Man spricht über sie, nicht mit ihnen. Menschen, über die man lacht, nimmt man nicht ernst.

Nicht die Sonderlinge sind die Idioten, sondern die Menschen, die alle jene ausschließen und verachten, die nur geringfügig anders sind als sie selbst.

Zur Rechtfertigung wird dann gern behauptet, man könne sich mit der betreffenden Person nicht unterhalten. Eine reine Schutzbehauptung: Hinter dem Rücken der Person interessiert man sich schon für sie. Jede aufgeschnappte Äußerung wird verbreitet und diskutiert. Man will lästern und spotten. Nur die Person selbst darf nicht mitreden. Das ist tabu bei diesem Spiel. Der Sonderling soll schön in seinem virtuellen Käfig gehalten werden.

Die Hatz

Zuweilen kann es geschehen, dass sich ein Nicht-Idiot in eine Gruppe von Idioten verirrt. Gerade im Berufsleben und beim Militär ist das nicht ungewöhnlich. Dann wird zur Hatz auf den Spielverderber geblasen. Er wird ausgeschlossen und schikaniert.

Zunächst versucht man, ihm Angst zu machen, sagt Dinge wie:

„Ab morgen ist die Schonfrist vorbei!"

In diesem Stadium ist die Sache noch harmlos. Aber es wird schlimmer und vor allem: Es hat System und lässt nicht nach.

Das funktioniert dadurch, dass alle Idioten mitmachen. Wenn nicht alle Mitglieder der Gruppe Idioten sind, gestaltet sich der Vorgang durchwachsen. Manche halten sich nämlich einfach aus dem Konflikt heraus. Das ist gar nicht mal so dumm. So machen sie einerseits nicht bei dem Blödsinn mit, auf den Schwachen loszugehen, geraten aber andererseits auch nicht auf die Verliererseite, die ja von vornherein feststeht. Nicht immer allerdings wird Neutralität toleriert. Motto: „Wer nicht für uns ist, ist gegen uns."

Ganz selten kann sich auch mal einer auf die Seite des Gemobbten schlagen, weil er das Vorgehen gegen ihn für unfair hält und bei so etwas nicht einfach nur zusehen will. So ein Verhalten kann tatsächlich den Zusammenbruch des Opfers aufhalten. Die Situation wird dadurch allerdings nicht beendet. Endlose Grabenkämpfe drohen zu folgen.

Lösen kann man das Problem nicht. Es gehört in einer Welt voller Idioten einfach dazu.

Schleimer

Diese Gattung von Idioten ist abstoßend. Es gibt ja Idioten, die total bescheuert, aber trotzdem sympathisch sind. Die Schleimer gehören nicht dazu.

Ihre schmierige Art stößt viele ab. Natürlich fallen auch manche darauf herein, glauben tatsächlich, der Schleimer würde sie verehren oder Ähnliches. Besonders autoritäre Chefs umgeben sich gern mit solchen Menschen. Da entsteht eine richtige Symbiose. Das böse Erwachen kommt irgendwann, aber dann ist es zu spät. Der Schleimer hat bereits bekommen, was er wollte.

Die Gefahr entsteht dadurch, dass es in Wirklichkeit durchaus Menschen gibt, die ohne Hintergedanken einfach nur nett sein wollen. Solche Menschen sind es, die der Schleimer imitiert. Er lässt seine Maske erst fallen, wenn er sein Ziel erreicht hat. Dann kennt er, sobald er es sich leisten kann, die vormals Angeschleimten auf einmal nicht mehr.

Ärgern Sie sich nicht darüber, seien Sie froh, dass sie ihn los sind. Das ist nämlich die harmlose Variante. Sie gilt für den Fall, dass Sie dem Schleimer einfach nur nicht mehr nützlich sind.

Sollten Sie ihm jedoch im Weg stehen, droht Ihnen Schlimmeres. Er wird seine ganze Hinterhältigkeit einsetzen, um Sie zu Fall zu bringen.

Darin ist er geübt; denn er hat schon vorher, als er seine Maske noch trug, seine Boshaftigkeit hintenherum entfaltet. Das macht er immer. Er streut schädliche Gerüchte und macht seine Mitmenschen schlecht. Er eignet sich gut zum Intriganten. Gern heuchelt er anderen Vertraulichkeit vor, indem er ihnen Schlechtes über Sie hinter vorgehaltener Hand zuflüstert. Sollte er umgekehrt Ihnen Schlechtes über andere erzählen, glauben Sie ihm kein Wort und suchen Sie das Weite.

Warum ist er ein Idiot? Er erreicht doch oft genug seine Ziele. Er ist ein Idiot, weil er keinen Charakter hat. Er gehört zu der Art von Idioten, die einfach nur unangenehm sind. Er ist zu dumm, um zu erkennen, dass viele ihn durchschauen. Manche versuchen sogar, ihn für ihre Zwecke einzuspannen. Das kann funktionieren, weil der Schleimer widerspruchslos alle Befehle ausführt. Es ist aber auch gefährlich, weil er keinerlei echte Loyalität kennt.

Unmögliche Geschenke

Nicht über jedes Geschenk ist man erfreut. Manche sind einfach nur scheußlich. Dabei ist der/die Schenkende so nett. Dann hat man ein Problem. Man möchte das Objekt des Grauens wirklich nicht haben, aber es gibt kein Entrinnen. Sie bringen nur hilflos hervor:

„Das wäre doch nicht nötig gewesen."

Aber das hilft nun auch nicht mehr weiter. Das Kind ist ins Wasser gefallen. Da muss man jetzt durch. Es heißt gute Miene zum bösen Spiel machen und das Monstrum mit ein paar Worten der Anerkennung annehmen. Was macht man dann damit. Im besten Fall eignet es sich noch als „Stehrümchen". Wenn es aber gar zu schlimm ist, gibt es nur eins: verstecken.

Gut und schön, aber es kann der Fall eintreten, dass die schuldige Person dann irgendwann zu Besuch kommt und nach ihrem Geschenk fragt. Natürlich muss man das Beweisstück vorher herausgekramt und irgendwo gut sichtbar stehen haben.

Das ist dann wiederum die Rache des Beschenkten: Der Schenker wird zeitlebens mit seinem Verbrechen konfrontiert. Es kann durchaus sein, dass er Sie nie mehr besucht, um nicht an sein unmögliches Geschenk erinnert zu werden.

Darf man so einen Trottel idiotisch nennen? In Gedanken darf man das, wenn die Gedanken liebevoll sind, in Worten besser nicht.

Was aber tun, wenn man selbst vor der Aufgabe steht, etwas schenken zu müssen und nicht weiß, was? Natürlich sollte man alles daransetzen, die Situation zu vermeiden, zum Beispiel vorschlagen:

„Wie wäre es, wenn wir uns dies Jahr nichts schenken?"

Aber Vorsicht! Es gibt Zeitgenossen, die sich durch so einen Vorschlag verletzt fühlen. Wenn alles vergeblich ist, bleibt dem vorausschauenden Schenker noch eins: etwas Zerbrechliches zu schenken. Das kann der unglückliche Beschenkte später notfalls entsorgen und sagen, das gute Stück sei ihm heruntergefallen.

Aber ehrlich gesagt, das wäre auch ziemlich idiotisch.

Chefs und Kollegen

Es gibt vorbildliche Chefs und fantastische Kollegen. Das ist jedoch hier nicht das Thema. Hier soll von den Idioten die Rede sein, und die gibt es leider auch und viel zu viele.

Von seinem Chef bei der Arbeit angetrieben zu werden, nervt. Was noch mehr nervt, ist, dass der Chef von der Arbeit keine Ahnung hat und nicht versteht, was geht und was nicht. Sinnlose Sklaventreiberei mag keiner.

Dazu kommt dann noch ein herrischer Ton und die Missachtung der Person des Angestellten. Natürlich wäre doch, dass der Chef seinen Mitarbeitern für ihre Leistung dankbar ist und ihnen das auch sagt. Stattdessen zeigt er ihnen offen seine Verachtung.

Das äußert sich in vielen Kleinigkeiten, am deutlichsten wohl darin, dass der allmächtige Chef seine Mitarbeiter nicht grüßt.

Das Nicht-Grüßen ist ein untrügliches Zeichen, einen Idioten vor sich zu haben. Das gilt ganz allgemein. Wenn ich jemanden grüße und er meinen Gruß nicht erwidert, ist er für mich ein Idiot, egal, wer er ist. Es ist mir rätselhaft, was diese Menschen in dem Moment denken, wenn sie überhaupt denken. Vielleicht denken sie, dass sie so wichtig seien und mit so Wichtigem beschäftigt, dass sie sich mit solchen Belanglosigkeiten wie dem Grüßen nicht abgeben könnten. Das Gegenteil ist der Fall, wie ich feststellen konnte: Die wirklich wichtigen Leute achten ganz genau darauf, jeden zurückzugrüßen, der sie grüßt. Das gehört sich einfach so. Hier geht es nämlich um Menschen und die sind wichtiger als jede Sachfrage.

Wichtig fühlen sich auch die Menschen, die den ganzen Tag am Smartphone oder Handy hängen. Sie bilden sich ein, die Welt würde stehenbleiben, wenn sie mal nicht erreichbar wären. Denen möchte man zurufen: Kriegt euch ein, es geht auch ohne euch! Probiert's nur mal! Aber nein, das tun sie nicht; denn dann würde ihre ganze Scheinwelt zusammenbrechen.

Wer immer erreichbar ist, gehört zu den Getriebenen, nicht zu den Souveränen. Die wirklich wichtigen Leute ruhen in sich selbst. So treffen sie Entscheidungen. Natürlich sprechen auch sie mit anderen, aber eben nur von Zeit zu Zeit. Das Getue, immer das Smartphone in der Hand zu haben, kann leicht idiotisch wirken. Es kann sich sogar zur Sucht auswachsen.

In allen Hierarchien gibt es Chefs und es muss sie geben. Sie zeichnen sich immer wieder dadurch aus, dass sie von der in ihrer jeweiligen Abteilung geleisteten Arbeit keine Ahnung haben. Das war bei ihrem Aufstieg auch nicht nötig. Vielmehr haben sie sich darin geübt, Fehler zu vermeiden, statt Risiken einzugehen. Wichtig dabei ist, die Leitung aller möglichen Projekte an sich zu reißen, sich aber immer ein Hintertürchen offen zu halten, damit man im Falle, dass etwas schiefgeht, jemand anderem die Verantwortung zuschieben kann.

Die Tür muss unbedingt bis zum Schluss offengehalten werden. Im Erfolgsfall will man schließlich dann doch selbst der Verantwortliche gewesen sein.

Die Erfolge für sich selbst einzuheimsen, gehört zu den Dingen, die Chefs bei ihrem Werdegang gelernt haben. Haben sie früher die Leistungen ihrer Kollegen für sich beansprucht, so können sie sich nun ganz ungeniert bei ihren Untergebenen bedienen.

Sie haben zwar keine Ahnung von dem, was da getan worden ist, glauben aber, dadurch, dass sie Druck ausgeübt haben, Anspruch auf die Ergebnisse zu haben. Das ist nun wirklich völlig idiotisch. Schließlich hat ihr unsachgemäßer Druck die Arbeit eher erschwert, als sie zu fördern.

Richtig absurd wird es bei geistiger Arbeit, z.B. in der Wissenschaft. Hier sollte sich ein Chef ganz zurückhalten, weil er sonst die Kreativität seiner Mitarbeiter einengt. Trotzdem gibt es auch hier Einmischungen, und sei es nur, um später eine Koautorschaft zu verlangen. Hat der Chef das Gefühl, der Mitarbeiter schweife zu sehr ab, gibt es sogar Fälle, wo er dem armen Kerl verbieten will, Kontakt zu anderen Wissenschaftlern zu halten. Diese Entgleisung ist selten, aber es gibt sie. Da ist er schlimmer als eine eifersüchtige Ehefrau. Und kontraproduktiv außerdem. Die Wissenschaft lebt doch heutzutage von dem befruchtenden Austausch der Wissenschaftler untereinander. Wer das verbietet, ist ein Idiot.

Nach all dem erhebt sich die Frage: Muss man ein Idiot sein, um Chef zu werden? Die Antwort: Nicht unbedingt, aber es erleichtert die Sache ungemein. Das spiegelt sich in der Realität wider: Viele Chefs sind Idioten, aber nicht alle. Genaueres lässt sich nicht sagen. Es liegen keine verlässlichen Statistiken vor.

Die Problematik der idiotischen Chefs gibt zu denken. Die Schlussfolgerung wäre doch, die Entscheidungen nicht den Chefs zu überlassen. Genau das, die Planung von oben, ist der Grund, warum die Planwirtschaft scheitern musste. Was wir brauchten, wäre eine Demokratisierung der Betriebe. Da es mehr Mitarbeiter gibt als Chefs, würden die Mitarbeiter entscheiden. Das wäre nicht einmal das Schlechteste. Vielleicht kommt das noch. Ich habe an anderer Stelle einiges zu dem Thema geschrieben.

Wenn Chefs so sind, wie sie nun leider manchmal sind, empfiehlt es sich, mit Problemen bei der Arbeit nicht zum Chef zu gehen, sondern zu erfahrenen Kollegen. Aber Vorsicht: Unter den Kollegen gibt es auch diejenigen, die selbst einmal Chef werden wollen und gewonnene Informationen ausschließlich zu ihrem eigenen Vorteil verwenden.

Auf jeden Fall sollten Sie eine gewisse Vorsicht im Umgang mit den Kollegen walten lassen.

Vor allem dürfen Sie nicht zu gut sein in dem, was Sie tun. Sonst erregen Sie den

Neid der Kollegen. Diejenigen, die selbst nichts leisten, finden ihre Erfüllung darin, den Besseren Knüppel zwischen die Beine zu werfen. Unterschätzen Sie den Neid nicht! Wer Sie beneidet, braucht keinen anderen Grund, um Sie zu hassen.

Glauben Sie nicht, Sie hätten nichts zu befürchten, weil sie sich immer korrekt verhalten hätten. Irrtum. Die lieben Kollegen werden etwas finden, das sie belastet, und wenn sie es selbst arrangieren müssten.

Und das ist nicht alles.

Was meinen Sie, wieviel Ihnen dann auf einmal misslingen wird! Missgünstige Idioten gibt es überall. Sie werden schon sehen! Plötzlich werden sie viele Fehler machen, ob Sie wollen oder nicht. Sie werden es sich nicht erklären können. Dabei ist die Erklärung ganz einfach: Sie werden sabotiert, und zwar von allen, die nicht so gut sind wie sie. Dagegen haben Sie keine Chance. Der Neid eint die Neider. Da stehen Sie vor einer Wand.

Besser, Sie machen Ihre Fehler freiwillig. Von vornherein. Im Klartext: Seien Sie nicht zu gut! Schwimmen Sie im Mittelfeld! Das ist idiotisch, wenn man die Produktivität im Auge hat, aber so funktionieren die Menschen.

Wenn Sie unbedingt etwas leisten wollen, legen Sie sich ein Hobby zu, möglichst ein gesellschaftlich akzeptiertes, von dem Sie erzählen können. Aber nicht damit angeben!

Natürlich gibt es auch Situationen, wo Mehrarbeit von Ihnen gewünscht wird, zum Beispiel, wenn die lieben Kollegen krankfeiern und Sie deren Arbeit mit übernehmen müssen. Aber kommen Sie bloß nicht auf die Idee, ihnen das mit gleicher Münze heimzuzahlen! Krankfeiern darf nicht jeder. Das kann ganz böse nach hinten losgehen. Da sind die Rollen nämlich ungleich verteilt. Die einen schleppen sich auf allen Vieren zur Arbeit, selbst wenn sie schwer krank sind, die anderen bleiben schon zu Hause, wenn sie nur ein leichtes Kratzen im Hals verspüren. Nun raten Sie mal, zu welcher Gruppe Sie gehören, ob Sie wollen oder nicht!

Vor allem müssen sie sehen, dass sie beim Kaffeeklatsch dabei sind. Sonst wird bei dieser Gelegenheit über sie hergezogen. Da können Sie machen, was sie wollen. Wenn Sie viel arbeiten, heißt es, sie kennen nichts als die Arbeit; arbeiten Sie wenig, gelten Sie als Drückeberger.

Beliebte Strategie: Machen Sie mit! Lästern Sie über andere! Das bringt Sie selbst aus der Schusslinie. Nur gehören Sie dann möglicherweise bald auch zu den Idioten.

Ja, die Regel sagt, dass immer mindestens ein Idiot dabei ist, wenn mehr als zwei Kollegen beisammen sind. Ein Naturgesetz. Die Menschen sind so. Und mit Idioten wird man nun einmal nicht selbst fertig. Versuchen Sie es gar nicht erst! Sie werden sich nur ärgern. Dazu braucht man einen Chef, mag er noch so idiotisch sein.

Man sieht: Es muss zusätzliche Idioten geben, weil sie gebraucht werden, um mit den Idioten fertigzuwerden, die schon da sind.

Das gilt ganz allgemein. Die, die noch keine Idioten sind, sehen irgendwann nicht mehr ein, dass sie sich als Einzige anständig verhalten sollen, während alle anderen es nicht tun. Und so beschließen sie, auch Idioten zu werden. Das Übel breitet sich aus.

Klatschtanten

Klatschtanten sind gar nicht mal unbeliebt. Sie tragen erheblich zur Unterhaltung bei. Wichtig ist dabei eine blühende Fantasie. Sie reimen sich aus irgendwelchen Kleinigkeiten, die sie aufschnappen, hanebüchene Geschichten zusammen und erzählen sie als Tatsachen weiter.

Im schlimmsten Fall glauben sie selbst daran. In dem Fall entwickeln sie eine verheerende Überzeugungskraft, gegen die kaum ein Kraut gewachsen ist. Besonders andere Klatschtanten folgen den Urheberinnen der Gerüchte bedingungslos.

Um den Quatsch, den sie verbreiten, selbst zu glauben, brauchen sie schon eine gehörige Portion Dummheit. Aber die haben sie meist. Die entsprechenden Personen arbeiten gewöhnlich in untergeordneten Positionen und der Klatsch ist ihre Art und Weise, sich wichtig zu machen.

Normalerweise ignoriert man solchen Tratsch einfach Er kann jedoch auch schädlich werden. In einem Unternehmen möchte man ein harmonisches Arbeitsklima schaffen. Wer da einen Rattenschwanz von haarsträubenden Geschichten hinter sich her zieht, hat schlechte Karten. Dass man sie ihm ungerechtfertigterweise angehängt hat, zählt da nicht mehr. Er wird untragbar.

Angeber

Wer kann von sich sagen, dass er noch nie angegeben hätte? Ein bisschen anzugeben, ist fast normal. Das ist jedoch etwas anderes als das, was jene notorischen Angeber tun, die immer die Größten sein wollen. Selten stellen sie sich dabei so charismatisch an wie einst Muhammad Ali. Eher wirken sie unfreiwillig komisch, wenn sie wieder einmal sich selbst loben.

Das Problem ist, dass sie Sachfragen beiseiteschieben, wenn sie selbst dabei nicht gut aussehen. Auf diese Weise machen sie eine objektive Analyse und Planung der Arbeit unmöglich. Mitarbeiter empfinden das dann als idiotisch.

Schwierig wird es, wenn die Angeber in einer Hierarchie bereits so hoch aufgestiegen sind, dass sich niemand traut, ihnen Paroli zu bieten. Wenn man Glück hat, verschwinden sie von selbst, um an anderer

Stelle mehr Kapital aus ihren Selbstdarstellungskünsten zu schlagen.

Im privaten Bereich gibt es sie schon im Kindergarten und in der Schule. Sie tragen immer die teuersten Klamotten und haben die neuesten Spiele. Keiner mag sie wirklich, obwohl viele ihre Nähe suchen, um etwas vom Kuchen abzubekommen. Als Erwachsene kaufen sie sich schnelle Sportwagen, wenn sie Männer sind, oder sündhaft teure Mode, wenn sie Frauen sind. Hauptsächlich dann, wenn sie das Geld nicht selbst verdienen mussten. Onkel Dagobert würde sich so eine Verschwendung nie gönnen, Donald schon. Soll man es ihnen missgönnen? Warum? Sie sind wie große Kinder, sie tun nichts Böses und kurbeln den Konsum an.

Im Umgang mit Frauen werden solche Männer als Blender bezeichnet. Frauen fallen erstaunlicherweise manchmal auf solche Typen herein oder suchen sie sich vorsätzlich aus, weil sie sich erhoffen, von ihrem Aufstieg zu profitieren. Im Beruf machen diese Typen manchmal tatsächlich Karriere, manchmal platzt aber die Blase

und es stellt sich heraus, dass alles nur hei-
ße Luft war.

Hat der Blender dann bereits eine Familie gegründet, muss sich herausstellen, ob
er zur Art der liebenswerten Idioten gehört
und sich umstellen kann.

Plagiatoren

„Neid ist die aufrichtigste Form der Anerkennung", sagt man – und zu Recht. Bei geistigen Leistungen ist die ausgelebte Form des Neids das Plagiat. Man raubt dem Beneideten sein geistiges Eigentum und gibt es als sein eigenes aus. Das gibt es nicht nur beim geschriebenen Wort, sondern auch in der Musik.

Es ist schon erstaunlich. Da schreibt einer ein meisterhaftes Gedicht, veröffentlicht es und keiner nimmt Notiz davon. Scheinbar. Denn manche haben es schon gelesen und sogar gut gefunden. Sie werden jedoch den Teufel tun und es bekannt machen. Im Gegenteil, es wird weiter totgeschwiegen. Eines Tages bringt es dann einer der heimlichen Leser unter seinem Namen neu heraus.

Er ist aus irgendwelchen Gründen schon berühmt und das Gedicht verbreitet sich wie ein Strohfeuer. Wenn der ursprüngliche Autor seine Rechte geltend machen will, findet er kein Gehör. Der Plagiator behauptet, es schon früher geschrieben und verbreitet zu haben, fälscht entsprechende Beweise und beschuldigt den wahren Autor, das Werk von ihm gestohlen zu haben. Keine Chance für den wahren Autor, der frustriert aufgibt.

Die Moral: Mach dich nicht vom Erfolg abhängig. Dein Werk muss dir selbst gefallen, mehr wirst du nicht bekommen. Anerkennung nur aufgrund deines Werkes wirst du kaum erlangen. Für Anerkennung musst du Aufmerksamkeit erringen. Wie das geht, zeigt das nächste Kapitel.

Fernsehformate und soziale Medien

Das ist die Starparade der Idioten: die Fernsehformate. Da sammeln sie sich und versuchen, Aufmerksamkeit zu erheischen. Natürlich ist es wie immer: Nicht alle, die sich dort finden, sind Idioten, aber doch besonders viele. Das liegt daran, dass ausgeflippte Typen bessere Einschaltquoten bringen. Sie sorgen für Gesprächsstoff, sind im Handumdrehen bekannt und erreichen millionenfache Klickraten in den sozialen Medien. Das macht sie noch bekannter.

Am besten läuft es mit echten Idioten. Sie spielen dieselbe Rolle wie Klassenclowns in der Schule. Dadurch, dass sie tatsächlich unterbelichtet sind, können die anderen Schüler ihre eigene Überlegenheit zur Schau stellen. Wenn sie über den Clown lachen, fühlen sie sich groß.

Wenn nun einer kein Idiot ist, so kann er immer noch den Idioten spielen. Das funktioniert auch bestens. Bei vielen Formaten gibt es immer wieder irgendwelche Bewerber, die ihre Instrumente zertrümmern, sich ausziehen, die Jury beleidigen oder herumpöbeln. So jemand kommt dann zwar nicht weiter, aber wird bekannt wie ein bunter Hund.

Ich frage mich: Ist es das wert? Soll ich mich zum Idioten machen, nur damit mich auf der Straße jeder erkennt?

Gewiss, es gibt auch einen materiellen Anreiz. Wer Millionen von Klicks in den Sozialen Medien bekommt, gilt als Influencer und kann sich auf lukrative Werbeverträge freuen. Er wird in den Talk-Shows herumgereicht und zählt zu den sogenannten Prominenten.

Wenn man das erst einmal geschafft hat, kann man sich wieder zum vernünftigen Menschen wandeln. Der Reifeprozess hat dann in der Öffentlichkeit stattgefunden und wird daher akzeptiert. Voilà, man ist normal und berühmt! Was will man mehr? Na ja, das hängt davon ab, was man im Leben erreichen will. Wer dieses Ziel hatte, kann zufrieden sein. Man kann diesen Weg gehen. Auf mich wirkt er dennoch idiotisch.

In früheren Zeiten gab es Ähnliches schon auf der Bühne: Zertrümmerung der Einrichtung und Publikumsbeschimpfung. Alles, um Aufmerksamkeit zu erregen. Heute ist es einfacher geworden. Und es geht schneller vorbei.

Faszinierend sind besonders die Casting-Shows. Die Leute, die sich dort zum Affen machen, sind wirklich sehenswert, nicht etwa wegen ihres Talentes, sondern, weil so viele Idioten dabei sind. Normal sind noch solche, die ein bisschen Rambazamba machen, um ins Fernsehen zu kommen. Richtig interessant sind jedoch die, die wirklich glauben, ein verborgenes Talent zu haben und dort entdeckt zu werden.

Echte verborgene Talente werden tatsächlich auch entdeckt, aber es ist selten. Öfter trifft man auf die, deren Hoffnung, Talent zu haben, in Minuten zerplatzen wie eine Seifenblase. Warum gehen sie dorthin? Hat ihnen wirklich vorher nie einer gesagt, dass sie kein Talent haben? Oder haben sie es nicht hören wollen? Ein Rätsel. Und sie tun einem leid. Ihr Lebenstraum wird jäh zerstört. Ich traue mich fast nicht, sie als Idioten zu bezeichnen. Sie leiden so sehr, dass sie zum Schaden nicht auch noch den Spott brauchen. Aber, na ja, so ganz verstehen kann ich sie eigentlich auch nicht.

Lustig sind auch die verschiedenen Verkaufsformate, bei denen einige Händler, denen das Spaß macht, ausgewählten Studiogästen ihre mitgebrachten Gegenstände abkaufen. Manche dieser Gäste kaufen extra zu dem Zweck irgendwelche Gegenstände, die sie für interessant halten, auf dem Flohmarkt und hoffen dann, sie für das Zehnfache wieder verkaufen zu können.

Wahr ist, dass man bei solchen Shows sehr günstige Preise erzielen kann, weil die Gegenstände ja im Fernsehen gezeigt und damit beworben wurden, wodurch die Händler sie gewinnbringend weiterverkaufen können. Aber man muss natürlich die Kirche im Dorf lassen. Absolute Mondpreise zu erwarten, ist schon auch irgendwie idiotisch. Es passiert dann immer wieder, dass ein Kandidat ohne Deal nach Hause geht. Wie sinnlos! Wirklich sinnlos? Nein, nicht ganz: Sie hatten immerhin ihren Fernsehauftritt. Allein dafür würden manche viel geben. Hinzu kommt, dass sie vielleicht hoffen, durch ihren Auftritt weitere Kaufinteressenten angelockt zu haben und dann tatsächlich günstiger verkaufen können. Eine verrückte Welt!

Einkaufen

„Das führen wir nicht mehr", bekommt man beim Einkauf immer öfter zu hören. Stattdessen muss man auf teurere ähnliche Produkte ausweichen. Das ist Geschäftspolitik. Man will den Umsatz erhöhen. Das ist an sich noch nicht idiotisch, könnte sich aber als nicht nachhaltig erweisen, da es gegen das Interesse der Kunden gerichtet ist. Wer auf das Interesse der Kunden keine Rücksicht nimmt, gerät auf die Dauer in Gefahr unterzugehen. Das ist im Nachhinein als idiotisch zu werten.

Keiner will die Kaiserzeit zurück. Diese hatte uns damals den ersten Weltkrieg gebracht. Aber manches war doch besser. Zum Beispiel hieß es: „Der Kunde ist König." Da stimmte der Kundenservice und die Qualität. Inzwischen geht es nur noch um Gewinnmaximierung. Der einzelne Kunde zählt nicht. Die Masse macht's.

Früher entschuldigte man sich, wenn der Kunde warten musste. Heute heißt es: „Sie werden doch wohl mal fünf Minuten warten können!" Allerdings zählt so ein Verhalten zu den Einzelfällen. Die meisten Mitarbeiter im Geschäft benehmen sich durchaus freundlich zu den Kunden. Sie sind ganz normale nette Menschen und können nichts für die Vorgaben von oben; sie selbst haben nichts zu sagen.

Auch sie sind Opfer des Profitdrucks: Niedriglöhne und zusätzliche Aufenthaltszeiten, die nicht als Arbeitszeiten angerechnet werden. Dazu viele Überstunden, weil die Personaldecke aus Kostengründen knappgehalten werden soll. Man könnte es eigentlich verstehen, wenn dabei die gute Laune auf der Strecke bleibt.

Dass es auch anders geht, zeigt der kleine Metzgerladen auf dem Dorf. Dort kennt man die Kunden persönlich, richtet sich nach ihren Wünschen. Vertrauen gegen Vertrauen. Auf die Qualität kann man sich verlassen. Jeder Wunsch wird erfüllt. Der einzige Nachteil: Der Verkaufsraum ist immer gerammelt voll. Jeder will dort einkaufen. Dabei sind die Preise recht anspruchsvoll. Aber das kann man eben auch verlangen, wenn man so gut ist. Der Umsatz stimmt. Vielleicht sollte man zum Prinzip der Tante-Emma-Läden zurückkehren.

Eins findet man allerdings im Supermarkt, was im Tante-Emma-Laden eher unüblich ist: Sonderangebote. Wenn man da zugreift, spart man erheblich, vorausgesetzt natürlich, man braucht die entsprechenden Waren tatsächlich. Wenn das nicht der Fall ist, wenn man sich vom Angebot zum Kauf einer Ware verleiten lässt, die man eigentlich nicht braucht, ist man in die Falle getappt und hat sich verhalten wie ein Idiot.

Wenn man andererseits die Ware sowieso auf dem Einkaufszettel hatte und regelmäßig benötigt, sollte man sie kaufen, sogar in größerer Menge als beabsichtigt; nicht nur, weil man dadurch Geld spart, sondern auch, weil man sie beim nächsten Einkauf möglicherweise nicht mehr erhält, da alle die reduzierte Ware wie verrückt kaufen, bis der Vorrat erschöpft ist.

Auf diese Weise wird man manipuliert. Ist man deshalb ein Idiot? Nicht, wenn man sich der Manipulation bewusst ist. Schließlich widerspricht man auch meist nicht, wenn man von einem Bekannten zum Essen eingeladen wird. Der Unterschied ist nur: Die Bekannten wollen Ihnen etwas Gutes tun, die Verkäufer sich selbst. Wenn man jedoch die Entscheidung, sich den Artikel zu diesem Preis zu gönnen, bewusst trifft, geht das in Ordnung.

Ähnlich manipulativ sind „Werbegeschenke". Auch hier soll ein Kauf ausgelöst werden. Vorgegaukelt wird dem Käufer, dass er einen Vorteil durch das Geschenk erlangt. Als ob der Hersteller etwas zu verschenken hätte! Natürlich sind die Kosten des „Geschenkes" im Kaufpreis enthalten. Sie werden auf Dauer als Werbungskosten einkalkuliert.

Nun könnte man denken, durch das Geschenk bekäme man wenigstens einen Teil dieser Werbungskosten zurück. Der Denkfehler besteht darin, dass man durch die Kauf-Reaktion die Werbeaktion bestätigt, so dass die entsprechenden Werbungskosten dem Produzenten berechtigt erscheinen und daher in Zukunft eventuell noch erhöht werden.

Es ist also idiotisch, auf so etwas hereinzufallen. Wenn irgendjemand wirklich diesen Firlefanz haben will, der da verschenkt wird, soll er sich das Zeug separat kaufen. Dann bekommt er wenigstens Qualität.

Neben der Manipulation droht eine weitere Gefahr bei Rabattaktionen. Werden diese an den Einsatz einer Chipkarte gekoppelt, gibt man dem Unternehmen beim Einkauf auf die Dauer Einblick in sein Konsumverhalten. Man wird zum gläsernen Kunden, wird eventuell mit personalisierter Werbung bombardiert. Nun gut, man könnte sagen, das sei eben unsere Zeit. Man ist nicht unbedingt ein Idiot, wenn man da mitmacht; nur unreflektiert sollte man es nicht tun. Über die Konsequenzen muss man sich im Klaren sein.

Gesundheitswesen

Wer schon einmal einen Krankenhaus-
aufenthalt erlebt hat, weiß, wo das Haupt-
problem liegt: viel zu wenig Personal und
dieses ist hoffnungslos überlastet. Es geht
um Heil- und Pflegekräfte. Was sie leisten,
ist unglaublich! Unterbezahlt und überfordert bis zum Geht-nicht-mehr. Ohne ihren
Idealismus würde der Betrieb zusammenbrechen. Sie tun das, was sie tun, weil es
getan werden muss. Aufopferungsvoll und
bewunderungswürdig. Was fehlt, ist die
Finanzierung. Da braucht es mehr als einen
Tropfen auf den heißen Stein. Das Gesundheitswesen wird geradezu kaputtgespart.
Dabei ist fast jeder irgendwann einmal darauf angewiesen.

Warum an dieser Stelle so gegeizt wird,
erschließt sich mir nicht. Das Gesundheitswesen wird an die Wand gefahren
und an anderer Stelle wird das Geld mit
vollen Händen zum Fenster hinausgewor-

fen: Unsummen für Museen, sinnlose Ausstellungen, Prestigeprojekte oder Kunstwerke, die in Wahrheit niemanden interessieren. Von der Rüstung war noch gar nicht die Rede. Was da für Geld hineinfließt! Natürlich ist es mit der Armee wie mit einer Versicherung: Man sollte eine haben und hoffen, dass man sie nie braucht. Aber trotz der Unsummen, die sie verschlingt, ist sie ja kaum einsatzfähig. Da achtet wohl keiner darauf, wo das Geld bleibt, ganz im Gegensatz zum Gesundheitswesen.

Die Stellen, die in der Betreuung der Alten und Kranken eingespart werden, gehen in die Verwaltung. Diese wird bis zur Unkenntlichkeit aufgebläht. Da sitzen dann unzählige Leute, die mit ihrer Zeit nichts Besseres anzufangen wissen, als irgendwelche Bürokratiemonster zu erfinden, möglichst mit vielen Formularen. Ja, in Bürokratien tummeln sich besonders viele Idioten. Die schlimmsten sind von dem, was sie tun, sogar überzeugt. Die besseren entschuldigen sich immerhin für das, was sie von einem verlangen, und sagen, sie könnten auch nichts dafür.

Beim Sparen im Gesundheitswesen geht es zu wie überall: Diejenigen, die wirklich die Arbeit machen, müssen es ausbaden und irgendjemand anders macht immer noch Profit dabei. Es gibt doch so viele Möglichkeiten, auch in dem Bereich sinnvoll zu sparen. Zum Beispiel bei den höheren Gehaltsklassen, bei jenen, denen es nicht wehtut. Man muss kein Kommunist sein, um zu erkennen, dass die Gehaltsschere in unserem Land zu weit auseinandergeht. Das verletzt das Gerechtigkeitsempfinden und gefährdet den sozialen Frieden.

Darf's ein bisschen mehr sein?

Wohl jeder ist beim Metzger schon mal gefragt worden, ob es ein bisschen mehr sein darf, mit anderen Worten, ob die letzte Scheibe Schinken noch daraufkommen soll oder nicht. Bei mir kann sie gern immer noch daraufkommen. Ich esse gerne Schinken.

Die Mentalität, das Geschäft ein bisschen aufzustocken, hat sich jedoch inzwischen weit verbreitet. Nicht ganz so angenehm ist es, wenn der Arzt einem eine Operation verordnet, die eigentlich unnötig wäre. Es hätte womöglich andere, schonendere Behandlungsmöglichkeiten gegeben. Hinzu kommt, dass die Operation dann auch noch unbefriedigend verläuft und ausufernde Nachbehandlungen erfordert.

Für die Rechnung des Arztes erweist sich diese unnötige Operation andererseits als vorteilhaft. Eine Operation ist ein äußerst lukratives Geschäft, gerade wenn noch eine aufwändige Nachbehandlung notwendig wird.

Natürlich ist das nicht der Normalfall – ganz im Gegenteil. Dass so etwas überhaupt vorkommt oder überhaupt nur vermutet wird, weist aber auf eine unglückliche Konstruktion des Bezahlsystems im Gesundheitswesen hin. Die meisten Ärzte sind gegen die immanenten Verlockungen immun – aber Vorsicht ist die Mutter der Porzellankiste.

Zudem sollte man sich doch bemühen, jeden auch noch so unbegründeten Verdacht der Bereicherung zu vermeiden. Muss es denn wirklich ein neuer Lamborghini für den Chefarzt sein? Das ist eine Frage des Taktgefühls.

Bekannt ist das Prinzip der Auftragserweiterung natürlich vom Handwerk. Der Standardspruch ist da: „Wenn Sie das schon in Angriff nehmen wollen, sollten Sie keine halben Sachen machen." Das Problem: Wenn man dann knausert, wird man es bereuen, weil man dann gezeigt bekommt, was „halbe Sachen" sind. Wenn man großzügig plant, zahlt man mehr. Dass man zufrieden sein wird, ist damit noch lange nicht gesagt. Der Unterschied zwischen ganzen und halben Sachen besteht im Wesentlichen darin, dass „ganze" Sachen mehr kosten.

Wohnraum

Wohnraum wird immer knapper – zumindest in den Ballungsgebieten. Das ist zunächst einmal nicht verwunderlich: Dort gibt es Arbeit. Dorthin zieht es die Leute. Wenn alle außerhalb wohnen und pendeln würden, belastete das die Umwelt umso mehr. Das will man nicht. Unbegrenzt neuen Wohnraum in den Städten zu schaffen, würde wiederum das Stadtbild verschandeln. Will man auch nicht. Den vorhandenen Wohnraum bezahlbar zu machen, wäre eine Möglichkeit, scheitert aber an der Profitgier der Besitzer.

Das Problem hat Folgen. Manch einer wird von der Unlösbarkeit der Aufgabe in die Obdachlosigkeit getrieben. Dann fangen die Schwierigkeiten erst richtig an. Ohne Wohnung Verlust der Arbeit, ohne festen Wohnsitz keine neue Arbeit zu bekommen. Ohne Arbeit erst recht keine

Chance, sich jemals eine Wohnung leisten zu können. Ein Teufelskreis.

Darüber könnten sich die Verantwortlichen Gedanken machen.

Ich sehe für die Leidenden eigentlich nur einen Weg: Wohngemeinschaften, wie sie die Studenten gerne gründen. Aber auch dafür muss man erst mal Vermieter finden. Wie wäre es, extra für diesen Zweck geeignete Wohnungen zu bauen?

Stadtplanung

Was die Stadtplaner sich manchmal denken, ist rätselhaft. Denken sie überhaupt? Da werden Radwege in Schlangenlinien quer über Fahrbahnen gelegt, die Straßenführung willkürlich verkompliziert, ganze Straßen abrupt gesperrt.

Die kuriosen Radwegverläufe muten an wie abstrakte Gemälde auf dem Asphalt, die den weltfremden Träumen der Stadtplaner entsprungen sind. Das totale Chaos entsteht, wenn Schnee fällt und die irregeleiteten Straßenbemalungen verdeckt. Die einen erinnern sich noch daran, andere folgen ihrem natürlichen Instinkt und schon kracht es.

Den Vogel abgeschossen haben sie letztens, als sie eine ganze Straße zur Busspur erklärt hatten – ohne Vorwarnung. Der ratlose Autofahrer steht plötzlich da und weiß nicht mehr weiter. Die richtige Lösung nach Vorstellung der Stadtplaner wäre wohl, auf der Stelle umzudrehen und dann außen um die Innenstadt herumzufahren. Ich habe das nicht mitgemacht. Wer nicht wagt, der nicht gewinnt. Ich bin durchgefahren. Es ist mir nichts passiert. Warum? Weil auch die Polizei diesen Schildbürgerstreich nicht billigte und sich weigerte, die Einhaltung der abstrusen Verkehrsführung zu kontrollieren. Es gibt auch noch vernünftige Menschen.

Inzwischen ist dieser Schildbürgerstreich wieder rückgängig gemacht worden. Außer Spesen nichts gewesen. Na, immerhin. Es besteht noch Grund zur Hoffnung.

Auf den nächsten Geistesblitz der Stadtplaner kann man warten. Das wird dann erstmal wieder für eine Weile ausprobiert. Das große Erwachen kommt nach der nächsten Unfallstatistik.

Dann heißt es plötzlich mit Erich Kästner: „Zurück, marsch, marsch!"

Warum das alles? Weil man die Innenstädte autofrei bekommen möchte? Da gäbe es eine andere Möglichkeit: den öffentlichen Personennahverkehr zu verbessern!

Höhere Busfrequenz, kein Beförderungs-entgelt! Das sollte doch möglich sein!

Nein, der wahre Grund ist ein anderer: Die aufgeblähte Bürokratie will ihre Daseinsberechtigung nachweisen, indem sie in hektische Aktivität verfällt, sinnlose Projekte lostritt und später wieder einstampft.

Städte sollen wohnlich sein. Dazu gehört nicht zuletzt ein bisschen Grün. Gerade in Zeiten des Klimawandels muss um jeden Baum gekämpft werden. Doch in Wirklichkeit werden die letzten verwilderten Grundstücke eingeebnet, um darauf zu bauen. Es soll neuer Wohnraum geschaffen werden. Schön und gut, aber doch nicht um den Preis der Naturvernichtung. Sinnvoller wäre es, das Umland verkehrstechnisch besser anzubinden und dort zu bauen, natürlich auch naturschonend.

Was neuerdings in den Städten manchmal zusammengebaut wird, ist wirklich schauderhaft. Da werden schöne alte Villen abgerissen, die Gärten plattgemacht und dann Betonklötze hingesetzt, bei denen

auch der letzte Quadratmeter noch ausgenutzt wird. Klar, das bringt Geld, aber
muss es denn immer nur ums Geld gehen?

Radfahrer

Sie werden inzwischen verkehrstechnisch bevorzugt: die Radfahrer. Nicht ganz zu Unrecht. Schließlich sind sie extrem umweltfreundlich und gleichzeitig schutzbedürftig. Trotzdem ist es doch wohl nicht zu viel erwartet, dass auch sie Rücksicht nehmen sollen.

Wenn schon extra Radwege für sie eingerichtet werden, können sie diese doch auch benutzen und müssen nicht auf der Autospur den Verkehr behindern. Sie dürfen zwar zuweilen die Einbahnstraßen in verkehrter Richtung befahren, müssen dann aber nicht plötzlich in die Gegenfahrbahn ausscheren.

Ganz schlimm ist es auch, wenn sie plötzlich wie aus dem Nichts irgendwo herausschießen, ohne nach rechts oder links zu sehen. Vielleicht sollte man einen Führerschein für Radfahrer einführen.

Bei manchen Radfahrern fragt man sich nämlich wirklich, ob sie jemals etwas von

Verkehrsregeln gehört haben. Aber Vorsicht: Wenn es kracht, ist der Autofahrer
schuld. Das ist schlicht das Recht des
Schwächeren.

Autofahrer

Autofahrer sind auch nicht immer als vorbildlich zu bezeichnen. Da gibt es zum Beispiel die ewigen Linksfahrer, die vom Rechtsfahrgebot in Deutschland noch nie etwas gehört haben und auf der Autobahn gern die Überholspur blockieren. Dabei gilt die Vorschrift, dass der Überholende eine „erhebliche Geschwindigkeitsdifferenz" zum Überholten aufweisen muss. Wenn dann einer mit einer Geschwindigkcitsdifferenz von 5 km/h in Zeitlupe am überholten Fahrzeug vorbeituckert, sammelt sich eine Schlange hinter ihm. Das ist ihm egal. Er fühlt sich im Recht. Ist er aber nicht!

Schlimm ist es auch an Straßenverengungen. Es hat sich eingebürgert, dass derjenige warten muss, auf dessen Seite das Hindernis ist. Manchmal wird allerdings die Straße von beiden Seiten enger. Wenn dann kein Verkehrszeichen den Teilnehmern einen Tipp gibt, kann es sein, dass sie sich nicht einigen können, wer zuerst fahren darf. Besonders Männer geben in solchen Situationen nicht nach. Es soll schon Fälle gegeben haben, wo die Fahrer eine Stunde lang diskutiert haben. Welch ein Glück, wenn dann ein weiteres Fahrzeug hinter einem der beiden Kontrahenten auftaucht. Derjenige bekommt dann letztlich Vorfahrt.

Immer der Erste zu sein, ist offenbar vielen Menschen, hauptsächlich aber Männern, ein Grundbedürfnis, welches sie zwar im Alltagsleben oft erfolgreich kaschieren können, das jedoch beim Autofahren umso klarer zutage tritt. Besonders an Ampeln lässt sich das gut beobachten. Da stehen dann zwei nebeneinander, lassen schon einmal die Motoren hochdrehen, um beim Umspringen der Ampel mit quietschenden Reifen loszupreschen – bis zur nächsten Ampel, wo sie wieder nebeneinanderstehen. Was hat das dem, der zuerst da war, gebracht? Nichts. Gar nichts. Das ist doch idiotisch!

Es gibt allerdings Situationen, wo ein Schnellstart scheinbar etwas bringen kann:

Wenn an einer Ampel nur eine Spur zum Fahren gedacht ist, sich daneben aber eine Park-Spur befindet, auf der vor der Ampel kein Auto steht (was ja auch verboten wäre), gibt es folgenden Trick, angenommen, man wäre Zweiter in Fahrtrichtung. Der Trick besteht ganz einfach darin, sich ganz vorn auf die Park-Spur zu stellen, schon bei Rot-Gelb zügig loszufahren und sich vor den ehemalig Ersten zu setzen. Toll! Man hat ein Fahrzeug überholt. Manchen Fahrern gibt das einen Kick. Na ja, wer's braucht. Verboten ist es auf jeden Fall.

An Ampeln kann man viel falsch machen. Das bekannteste Vergehen ist sicher das Überfahren einer roten Ampel. Fast jeder ist wohl schon einmal in Versuchung gekommen, bei Dunkelgelb noch über die Ampel zu fahren. Bis man wirklich drüber ist, ist sie auf Rot umgesprungen. Was nun wirklich idiotisch ist: zu beschleunigen, wenn man merkt, dass es knapp wird. Dann rast man mit überhöhter Geschwindigkeit über die rote Ampel. Wird man geblitzt, wird es richtig teuer. Nicht zu Unrecht. Es ist nämlich höchst gefährlich. Wenn man Pech hat, kommt aus der Querrichtung einer angeschossen, der gerade einen fliegenden Start in seine Grünphase hinlegt. Das kann richtig krachen!

Noch so ein Thema: Vorfahrt. Wem ist sie nicht schon mal genommen worden. Bei jeder kleinsten Gelegenheit! Da fährt jemand aus einer Einfahrt oder einer Parklücke, ohne Rücksicht auf den fließenden Verkehr zu nehmen. Der Fahrer denkt sich: „Der ist ja noch weit weg. Da komme ich leicht noch raus." Dem nahenden Fahrzeug, das eigentlich Vorfahrt hat, bleibt nichts anderes übrig, als zu bremsen. Ihm wurde die Vorfahrt genommen. Eigentlich eine Nötigung.

Das Nehmen der Vorfahrt en passant ist ein Symptom allgemein menschlicher Idiotie, nur eines neben vielen. Die beiläufige Übervorteilung unserer Mitmenschen geschieht so oft in den verschiedensten Bereichen und wird so schnell und instinktiv durchgezogen, weil sie auf einer entsprechenden Grundeinstellung der Menschen beruht: sich alles Erreichbare zu schnappen, bevor einem ein anderer zuvorkommt.

Man sollte es nicht glauben: Diejenigen, die so etwas machen, sind gar nicht immer heißblütige Jungspunde. Ich selbst bin schon von Senioren beiderlei Geschlechts ausgebremst worden. In diesen Fällen ist der Ärger sogar besonders groß; denn die alten Herrschaften tuckern dann im Schneckentempo vor einem her, ohne dass man eine Chance zum Überholen bekommt. Das ist gar nicht gut für den Blutdruck.

Es gibt auch richtige Schlaumeier unter den Autofahrern. Diese nutzen die Tatsache aus, dass mittlerweile alle Verkehrsteilnehmer gelernt haben, bei Nahen eines Einsatzfahrzeuges eine Gasse zu bilden, damit die Retter auch im Stau durchkommen. Das ist gut und das muss so sein.

Die erwähnten dreisten Zeitgenossen setzen sich dann direkt hinter das vorbeifahrende Rettungsfahrzeug und rasen in dessen Windschatten durch die Gasse. Da kann man nur den Kopf schütteln. Diese Zeitgenossen gehören eindeutig auch in die Rubrik der Idioten.

Apropos Autos: Wer hat eigentlich den Kavalierstart erfunden? Es waren die Chevalliers, die berittenen Soldaten, die ihren Pferden derart die Sporen gaben, dass die sich aufbäumten und losstürmten. Mit einem Kavalier hat das nichts zu tun.

Man will wohl den Frauen imponieren. Ich hätte das mit meinen bisherigen Autos nie gekonnt, aber ich bin deshalb nicht neidisch. Das Gegenteil von Imponieren tritt nämlich ein. Ich habe noch keine Frau getroffen, die so etwas gut fand, aber schon mehrfach erlebt, dass die Reaktion in den Ausruf mündete:

„Was für ein Idiot!"

In der Tat tut derjenige seinem Auto und den Umstehenden dabei nichts Gutes an. Es geht jedoch noch im Vergleich dazu, was früher die Chevalliers ihren Pferden bei so etwas antaten.

Parkplatzblockierer

Manche Autofahrer halten sich doch tatsächlich für so wichtig, dass sie zwei Parkplätze für ihr Fahrzeug beanspruchen. Fast
jeder hat es schon einmal erlebt: Das Park-
haus ist bis auf den letzten Platz belegt und
dann steht da ein normaler Wagen auf der
Mittellinie zwischen zwei Parkplätzen und
blockiert so alle beide. Die Parkplatzzäh-
lung erfasst solche Doppelparker nur als
einfache Parker und zeigt noch freie Plätze
an, obwohl es keine mehr gibt.

Nicht, dass ein Behindertenausweis hinter der Windschutzscheibe läge, der die
Notwendigkeit der Parkplatzverschwen-
dung erklären könnte. Es sind ganz normale Autos – meist teurere. Die Fahrer sind
gewohnt, eine Extrawurst gebraten zu bekommen, in diesem Fall einen besonders
komfortablen Parkplatz.

Wenn Sie jetzt erwägen, so einem rück-
sichtslosen Zeitgenossen einen Zettel hinter

den Scheibenwischer zu stecken, auf dem sie ihm mitteilen, dass er ein Idiot sei: Vergessen Sie's! Er weiß es sowieso schon. Solche Leute sind gewohnt, anderen auf die Füße zu treten. Sie tun das so oft, dass sie deswegen unzählige Male gerügt worden sind – von Kindesbeinen an. Gegen solche Zurechtweisungen sind sie immun geworden. Es interessiert sie einfach nicht. Sie sind lupenreine Egoisten.

Parken wird überhaupt immer schwieriger. Es gibt kaum noch freie Parkplätze. Man könnte auch sagen, es gibt zu viele Autos. In ihrer Not bei der Parkplatzsuche ignorieren manche Zeitgenossen schon mal die Regeln, parken einfach Wege oder Ausfahrten zu. Oft ist es nur pure Gedankenlosigkeit. Da wird dann am Straßenrand geparkt, obwohl gegenüberliegend die Autos quer parken und dann nicht mehr aus ihrer Lücke kommen. Der Übeltäter hat das wohl nicht gesehen. Optisch vielleicht schon gesehen, aber der Verstand kam nicht hinterher. Solche Leute sind einfach unfähig, sich in andere hineinzuversetzen. Sie sehen nur ihr eigenes Interesse, möglichst schnell einen Parkplatz zu bekommen, und blenden alles andere aus.

Sie sind allerdings nicht die alleinigen Schuldigen. Wenn z.B. vor Krankenhäusern, die regelmäßig Lieferungen erwarten, die entsprechenden Stellplätze fehlen, hat die Planung versagt. Die Fahrer, die dann zum Entladen die Straße blockieren, handeln zwar auch belästigend, aber sie haben kaum eine Wahl.

Idioten treten gern in Rudeln auf. Gerade beim Falschparken kann man das gut beobachten. Da parkt einer falsch, das sogenannte Leittier, und in Kürze parken mehrere in gleicher Weise falsch um ihn herum. Insbesondere geschieht das leicht, wenn das Parkverbot auf den ersten Blick nicht einsichtig ist. Dann liegt hier ein gemeinsamer Protest gegen das Verbot vor, fast schon eine Solidaritätsbekundung.

Es geschieht aber auch an Stellen, wo andere massiv behindert werden, z.B. beim unzulässigen Parken in zweiter Reihe. Da ist dann schnell die ganze Spur zugeparkt. Soviel Idiotie auf einen Haufen ist schon bemerkenswert.

Fahrscheinautomaten

Wenn man das Auto stehenlassen will und auf die öffentlichen Verkehrsmittel umsteigt, ist man auch nicht besser dran. Einen Fahrschein zu lösen, ist nämlich ein Kunststück bei den heutigen Fahrscheinautomaten. Bis man sich durch das Gewirr der Tarifzonen gekämpft hat, ist der Zug längst abgefahren.

Trotzdem hat man keine Alternative. Sollte man nämlich kapitulieren und ohne Fahrschein fahren, wird es noch schlimmer. Beim Schwarzfahren gibt es kein Pardon. Die Kontrolleure sind streng und sie sind überall. Da hat man auf einmal genügend menschliche Mitarbeiter. Könnte man die nicht im Fahrkartenverkauf einsetzen? Wenn das nicht geht, dann wenigstens Automaten konstruieren, mit denen ein normaler Fahrgast zurechtkommt!

Eigentlich kann das ja wohl kein Konzept für den Personennahverkehr sein, dass man derart umständlich vorher bezahlen muss. Gerade für kürzere Strecken kann das Auto nur ersetzt werden, wenn der Fahrvorgang unkompliziert ist. Wenn man die Autos aus den Innenstädten verbannen will, sollte doch eine Finanzierung auf andere Weise möglich sein.

Erreichbarkeit

Sie machen das doch sicher auch so: immer mehr online erledigen. Das ist bequem und geht schnell. Aber wehe, wenn man dann mal aus dem Schema fällt und die Geschäftspartner telefonisch erreichen will. Eine ausgesprochen wohlklingende freundliche Stimme begrüßt einen:

„Guten Tag! Wir freuen uns über Ihren Anruf. Um Ihren Anruf für Sie so angenehm wie möglich zu gestalten, benötigen wir einige Angaben. Weshalb rufen Sie an?"

Wenn man dann sein Anliegen vortragen will, kann die automatische Spracherkennung natürlich nichts damit anfangen und die Stimme des Computers sagt:

„In Ordnung: also Einkaufsberatung. Ich verbinde."

Dann ertönt eine einschläfernde Musik, von Zeit zu Zeit unterbrochen von der Ansage:

„Alle unsere Mitarbeiter sind im Gespräch. Bitte haben Sie noch etwas Geduld!"

Bei diesem Wartevorgang sind manche schon eingeschlafen. Wenn Sie jedoch lange genug durchhalten und Glück haben, meldet sich tatsächlich irgendwann ein menschlicher Gesprächspartner.

Sie schildern ihr Problem, worauf ihr Ansprechpartner ihnen mitteilt, dass er nicht der richtige Ansprechpartner für ihr Problem sei. Er werde sie weiterverbinden.

Dann ertönt wieder die Musik. Es soll tatsächlich Fälle gegeben haben, wo einer wieder gewartet und sein Ziel auf diese Weise erreicht hat. Vielleicht ist er auch nur in eine weitere Warteschleife verbunden worden. Ein Erfolg ist allerdings eher unwahrscheinlich. Die meisten geben vorher auf. Wenn man Pech hat, wurde der Anruf gebührenpflichtig nach Zeit abgerechnet.

So vermeiden die Firmen, erreichbar zu sein. Ich finde das idiotisch. Soll man doch einfach sagen, dass man nicht will. Gut, das heißt, dass man nicht kundenfreundlich ist, aber diesen Eindruck erweckt man doch mit der obigen Masche erst recht.

Das Problem besteht in solchen Fällen darin, dass Firmen ab einer gewissen Größe dazu neigen, alles zu standardisieren. Solange die Kunden sich an die Standardprozeduren halten, ist alles in Ordnung, es läuft sogar besser als erwartet. Wenn Sie als Kunde jedoch Sonderwünsche haben: Vergessen Sie's!

Das gilt inzwischen nicht mehr nur online, sondern auch in der realen Welt. Gerade dort, wo durch Franchising eine gewisse Standardisierung angestrebt wird, muss man sich an das Angebot halten.

Es gibt jedoch Ausnahmen, die mich so begeistern, dass ich sie einfach einmal erwähnen will. Ich möchte jedoch hier keine Werbung machen und erwähne daher keine Namen. Die Rede ist von einer Burger-

Kette, bei der man für jeden einzelnen Burger seine Sonderwünsche äußern kann und auch erfüllt bekommt. Ich weiß nicht, ob dies nur für diese eine Kette gilt. Was ich jedoch weiß, ist, dass es andere Burger-Ketten gibt, bei denen das nicht möglich ist. Noch eines kann man für alle Burger-Ketten sagen, die ich kennengelernt habe: Man kann sich problemlos beschweren und wird zufriedengestellt. Das Personal ist ausnahmslos nett und freundlich.

Jetzt habe ich mich auch noch als Burger-Esser geoutet, aber ich glaube, dass das heutzutage nicht mehr so außergewöhnlich ist, dass man deswegen automatisch gleich als Prolet oder Idiot gilt.

Kaltakquise

Jeder hat sich schon einmal darüber geärgert: Da stört einen das Telefon und dann ist nur ein Verkäufer dran, der einem etwas aufschwatzen will. Dabei ist diese sogenannte Kaltakquise per Telefon in Deutschland längst verboten. Dies ist heutzutage wohl der Bereich, in dem man am häufigsten mit illegalem Verhalten konfrontiert wird. Sonst begegnet man ja Verbotsverletzungen relativ selten, vom falschen Parken einmal abgesehen.

Was also ist zu tun? Nicht rangehen, wenn man die Nummer nicht kennt? Das ist riskant, da es auch ein seriöser Anruf sein kann, den man nur gerade nicht auf dem Schirm hat. Wenn man rangegangen ist und es zu spät merkt – einfach auflegen? Dann rufen die Übeltäter womöglich wieder an. Den Anrufer in der Leitung halten, bis er keine Lust mehr hat? Oder den Verbraucherschutz informieren? Kostet alles zu viel Zeit. Es gibt einfach kein Patentrezept.

Da sind unverschämte Zeitdiebe unterwegs und immer wieder wird man von ihnen belästigt. Das übliche Vorgehen dieser Schmarotzer ist, dass der Anrufer sich mit einer missverständlichen Bezeichnung meldet und sein eigentliches Anliegen erst einmal verschleiert. Gern wird auch eine Umfrage vorgeschoben. Ganz wichtig ist dem Anrufer, den Namen des Angerufenen bestätigt zu bekommen. Er will ja einen telefonischen Vertrag abschließen. Er fragt also:

„Spreche ich mit Herrn/Frau Sowieso?"

Hier besteht die Möglichkeit, die Aussage zu verweigern, was aber zu Nachfragen führt. Blockt man an der Stelle ab, wird man immer wieder angerufen.

Ich habe etwas Besseres gefunden. Zunächst lasse ich bei so einer Gelegenheit durchblicken, dass ich über den gewünschten Gesprächspartner nicht sprechen dürfe. Dann lasse ich mir die Würmer aus der Nase ziehen: Der gewünschte Herr säße gerade im Gefängnis. Ein andermal war er ausgewandert. Einmal sprach ich auch von der Psychiatrie.

Noch besser ist es, Gleiches mit Gleichem vergelten und dem Anrufer seine Zeit stehlen. Dazu lernen sie von anderen Idioten: Spielen Sie einfach einen Sekretär und sprechen nach Art eines anrufbeantwortenden Computers, wie ihn die Idioten haben, die unerreichbar sein wollen:

„Wie schön, dass Sie anrufen! Wollen Sie eine telefonische Beratung, einen Termin oder eine Bestellung aufgeben?"

Sie können das nach Belieben variieren. Der Fantasie sind keine Grenzen gesetzt. Wenn der Anrufer dann sagt, dass er nichts dergleichen wünscht, sondern die genannte Person in einer persönlichen Angelegenheit sprechen wolle, entgegnet man:

„Augenblick, ich verbinde."

Dann macht man ein paar Klickgeräusche und fährt in verstellter Stimme fort:

„Sekretariat von Herrn/Frau Sowieso. Womit kann ich dienen?"

„Ich mochte Herrn/Frau Sowieso persönlich sprechen."

„Für persönliche Angelegenheiten müssen Sie auf der persönlichen Leitung anrufen. Dies hier ist die Geschäftsleitung."

„Könnten Sie mir dann bitte die Nummer der persönlichen Leitung geben?"

„Tut mir leid, diese Nummer gibt Herr/Frau Sowieso nur persönlich heraus. Ich bitte um Ihr Verständnis."

An dieser Stelle gibt der Anrufer genervt auf. Von diesen Leuten werden Sie garantiert nie wieder angerufen werden.

Kriminelle Idioten

Sind Kriminelle automatisch Idioten? Einerseits sind sie manchmal durchaus intelligent, was gegen Idiotie spräche, andererseits schaden sie anderen Menschen, was dafür spräche. Man kann böse auf sie sein, andererseits muss man, wenn man von ihnen hereingelegt wurde, anerkennen, dass sie ganz dumm wohl nicht gewesen sein können. Also sind sie nicht von vornherein Idioten.

Es gibt aber auch richtige Idioten unter ihnen. Ich denke da z.B. an die Art von Einbrechern, die mit ihrer Beute nicht zufrieden sind. Sind das nur ewige Pechvögel? Nein, sie haben versäumt, den Ort ihres Bruches ordentlich auszukundschaften. Die sinnvolle Reaktion wäre dann, einfach wieder zu verschwinden. Aber da gibt es ganz spezielle Typen, die ihren Frust an Ort und Stelle herauslassen müssen und die ganze Wohnung demolieren. Dafür fehlt mir nun jegliches Verständnis. Ich kann mir vorstellen, dass einer ein Verbrechen begeht, um sich zu bereichern, vielleicht sogar, um wie Robin Hood für eine in seinen Augen gute Sache zu kämpfen. Aber wer begeht denn ein Verbrechen, nur um andere zu ärgern, die er gar nicht kennt? Mit dem muss doch irgendetwas nicht stimmen.

Auf dem Flohmarkt

Auf Flohmärkten muss man wachsam sein; sonst wird man übers Ohr gehauen. Besonders bei Antiquitäten droht Gefahr. Einem Objekt eine Patina zu verpassen, gehört zu den leichtesten Übungen für den Fälscher. Noch leichter wird es für den Händler, wenn er von vornherein Replikas einkauft und diese dann als Originale weiterverkauft.

Manche Replika-Hersteller wissen das und machen den Händlern die Sache extra leicht. Es gibt zum Beispiel eine Manufaktur, die ihre Erzeugnisse mit „JBT anno 1906" markt. Wer das nicht kennt, kann leicht glauben, er kaufe ein guterhaltenes Stück aus dem Jugendstil. Der Händler kann das noch unterstützen, ohne direkt zu lügen. Ich frage:

„Stammt das Objekt wirklich aus dem Jugendstil?"

Er antwortet:

„Drehen Sie es doch einmal um! Was steht da?"

Ja, da steht 1906. Nur ist das nicht das Herstellungsjahr, sondern die Markung. Viele fallen darauf herein. Der Händler indes weiß ganz genau, was er da hat. Das zeigt sich, wenn man ihm den für ein Replikat angemessenen Preis bietet. Er akzeptiert, obwohl es für ein Original viel zu wenig wäre.

Objekte aus dem Jugendstil sind sehr beliebt. Um die Leute, die sich dafür interessieren, besser abziehen zu können, hat sich sogar ein eigener Sprachgebrauch eingebürgert. Man spricht bei einem Replikat von einem Objekt „im Jugendstil" statt von einem Objekt „aus dem Jugendstil". Damit hat der Händler nicht gelogen; denn der Gegenstand ist ja tatsächlich im Stil jener Zeit gefertigt worden, nur stammt er nicht aus jener Zeit. Dieser Sprachgebrauch hat sich so sehr durchgesetzt, dass er sogar in Internet-Auktionsplattformen benutzt werden kann. Wer sicher gehen will fragt nach:

„Stammt das Exponat aus der Zeit um 1900?"

Dann gibt es keine Missverständnisse.

Zu denken gibt die Mentalität der betreffenden Händler. Nicht alle sind so, aber doch einige. Ihr Motto scheint zu sein:

„Mundus vult decipi; ergo decipiatur!"

"Die Welt will betrogen werden; also möge sie betrogen werden!"

Was für eine Einstellung! Geradezu idiotisch.

Früher waren Flohmärkte dafür bekannt, dass man für sagenhaft wenig Geld die tollsten Sachen bekommen konnte. Diese Zeiten sind vorbei. Die Dinge haben heute auch dort ihren Preis. Wer sorgt aber dafür, dass auf dem Flohmarkt nichts zu billig wird? Die Wiederverkäufer! Sie gehen früh morgens als erste über den Markt und kaufen alles, was ihnen zu billig erscheint. Alsdann entblöden sie sich nicht, die Dinge auf demselben Markt teurer wieder zu verkaufen. Ganz der Sinn der Sache ist das nicht und sie werden von manchen womöglich als Idioten bezeichnet werden. Juristisch lässt sich gegen Wiederverkäufer nichts sagen, aber moralisch schon. Wer einem etwas wissentlich für einen deutlich zu niedrigen Preis abkauft, sollte schon ein schlechtes Gewissen haben. Wenn er es dann am gleichen Platz teurer wiederverkauft, darf sich der ursprüngliche Verkäufer schon übervorteilt fühlen. Ganz koscher ist das nicht. Indes, verbieten lässt es sich nicht. Dies ist eine freie Welt.

Um als Wiederverkäufer zu handeln, muss man sich allerdings mit den Preisen auskennen. Man kann solche Schnäppchen nur bei privaten Gelegenheitsverkäufern machen. Die professionellen Händler haben ihre Preise marktgerecht festgesetzt und gehen höchstens minimal davon ab. Die Gelegenheitshändler kennen die Preise nicht und probieren aus, was sie erzielen können. Sie fangen hoch an und gehen dann langsam herunter, wenn sie die Ware nicht verkauft bekommen. Sie müssen schon sehr danebenliegen, damit ein Wiederverkäufer zum Zug kommt.

Bei den Gelegenheitsverkäufern kann es durchaus vorkommen, dass sie sich vergaloppieren, z.B. dass sie später am Tag zu einem Preis verkaufen, der unter einem Preis liegt, den sie vorher als zu niedrig abgelehnt hatten. Idiotisch? Nein, nur Pech.

Was ist mit dem Käufer? Soll er lieber früh oder spät auf den Markt gehen? Ausgefuchste Schnäppchenjäger müssen sehen, möglichst früh dran zu sein. Für den unerfahrenen Käufer empfiehlt es sich dagegen, erst später, gegen Mittag, auf den Markt zu gehen. Die absoluten Schnäppchen wird er dann zwar nicht mehr vorfinden, dafür aber marktgerechte Preise.

Political Correctness

Eigentlich soll es in diesem Buch um allgemeinmenschliche Schwächen gehen. Auf keinen Fall möchte ich eine politische Stellung beziehen. Das ist auch nicht nötig. Die Phänomene, die mich stören, sind nämlich parteiübergreifend. Um auch das gleich zu sagen: Nicht alle Parteien sind davon betroffen.

Auf dem Höhepunkt der Flüchtlingskrise gehörte es zur Political Correctness, eine Willkommenskultur für die Flüchtlinge aufzubauen. Das gipfelte darin, dass alle, die gegen die praktizierte Flüchtlingspolitik waren, als Nazis beschimpft wurden. Dazu gehörten auch diejenigen, die nur den Kontrollverlust der Regierung verhindern wollten und geeignete Wege zur Lösung des Problems suchten. Sie wiederum fühlten sich einer Meinungsdiktatur ausgesetzt und bezeichneten ihrerseits die anderen als Nazis.

So entstand eines Tages die absurde Situation, dass sich eine Demonstration und eine Gegendemonstration gegenüberstanden, die sich gegenseitig mit dem Ruf „Nazis" überzogen.

Wie die kleinen Kinder! Eines sagt zum anderen:

„Du bist doof!"

Das andere entgegnet:

„Selber!"

„Nein, du!"

„Nein, du!"

Und so kann es endlos weitergehen. Bei Kindern ist so etwas normal, aber bei Erwachsenen finde ich es idiotisch.

Zu betonen ist noch, dass gerade in Deutschland mit dem Begriff „Nazi" sehr sorgfältig umgegangen werden sollte. Zu vieles ist in unserer Vergangenheit mit diesem Begriff verbunden gewesen, als dass man ihn leichtfertig als Schimpfwort benutzen sollte.

Ziele mittels der Etablierung gewisser Normen der Political Correctness durchzusetzen, ist im Prinzip legitim. So funktioniert Demokratie. Hinzu kommt, dass hier nur die Achtsamkeit im Umgang mit Minderheiten eingefordert wird. Keiner will Minderheiten diskriminieren. Aber auch keiner will übervorsichtig erscheinen. Das würde selbst diejenigen stören, die geschützt werden sollen. Taktgefühl ist hier gefragt und das kann nicht verordnet werden. Entweder hat man es oder man hat es nicht.

Für den Normalbürger kann es lästig werden, jedes Wort auf die Goldwaage legen zu müssen. Er hält das in seinem privaten Umfeld für idiotisch und überlässt es den Politikern, die darin geübt sind. Bei jenen gehört es zum Job, ihre Worte zu drechseln, und so hört es sich dann auch manchmal an.

Hundebesitzer

Hunde! Wem ginge nicht das Herz auf, wenn er einem dieser Vierbeiner in die treuen Augen blickt?! Kein Wunder: So sind sie gezüchtet worden. Sie sollen sich gut verkaufen. Ein Riesengeschäft!

Die Käufer sind sich dabei überhaupt nicht im Klaren darüber, dass die Haltung von Hunden in Städten die reine Tierquälerei ist. Wie das Tier da lebt, ist überhaupt nicht artgerecht.

Ich wiederum bin mir im Klaren darüber, dass ich mit einer derartigen Behauptung allgemein unbeliebt machen würde, wenn ich sie nicht relativierte. Das werde ich nun also tun.

Es gibt Hunde, die für den Menschen wichtig sind. Dazu zählen Blindenhunde, Therapiehunde, Lawinenhunde, Wachhunde, Hirtenhunde, Spürhunde aller Art usw. Sie sind einfach unersetzlich und wir brauchen sie.

Dann gibt es Menschen, deren Leben durch einen Hund erheblich bereichert, ja manchmal überhaupt erst lebenswert gemacht wird. Sei es, dass der Hund als Kind-Ersatz dient, sei es, dass er verlässlicher Begleiter im einsamen Alter ist. Wie könnte ich diesen Menschen ihr Glück missgönnen?!

Sicher stört es ein wenig, wenn dann von Tierliebe gesprochen wird. Als wenn es Tierliebe wäre, wenn man einen Singvogel im Garten fängt und ihn dann im Käfig durchfüttert! Hier geht es doch nur um die Menschen, nicht um die Tiere! Andererseits sage ich auch in solchen Situationen nichts. Ich kann doch diesen Menschen nicht ihre Lebenslüge zerplatzen lassen!

Schlimm wird es jedoch, wenn die Hundebesitzer kein Einfühlungsvermögen in ihren Liebling mitbringen, ihn in Menschenansammlungen mitnehmen, sei es ins Kaufhaus oder auf den Weihnachtsmarkt. Nicht alles, was dem Menschen gefällt, gefällt auch dem Tier. Besonders kleine Hunde bekommen dann Angst, zertreten zu

werden. Das halte ich schlicht für Tierquälerei.

Ähnlich verhält es sich, wenn die Hunde
mit allerlei Delikatessen gemästet werden,
die selbst für die Menschen im Übermaß
ungesund sind, dem Hund aber überhaupt
nicht bekommen.

Falsch ist es auch, wenn die Haustiere
verhätschelt und den ganzen Tag geknud-
delt werden. Was sie brauchen, ist der Umgang mit Artgenossen, nicht mit Menschen!

Und sie brauchen Auslauf. Aber bitte
nur an geeigneten Orten! Manche lassen
ihre Hunde im Wald frei laufen, sogar zu
den Wildschonzeiten. Das geht gar nicht!
Ich mag nicht nur Hunde, ich mag auch
Wildtiere. Man hört dann: „Der tut nichts."
Das trifft es nicht! Wenn Jungtiere da sind,
können die sich schon beim Anblick eines
neugierigen Hundes zu Tode erschrecken.
Ganz abgesehen von den Menschen. Ich
kenne viele Menschen, die große Angst vor
Hunden haben und immer wieder von frei
laufenden Hunden beschnüffelt werden.

Noch gehört dieser Planet den Menschen und nicht den Hunden.

Sicher ist es nicht leicht, einen geeigneten Ort für den Hundeauslauf zu finden, wenn man in der Stadt lebt, aber da gehören Hunde ja eigentlich auch nicht hin. Trotzdem gibt es auch in der Stadt Möglichkeiten für Hundeauslauf. Da muss man eben ein paar Umstände auf sich nehmen!

Aber genug davon! Solange die Hunde nicht allzu sehr leiden müssen, sei jedem sein Glück gegönnt. Selbstverständlich bremse ich auch für Hunde und Katzen, die mir vors Auto laufen. Katzen sind übrigens unproblematischer als Hunde, da sie ihr Leben stärker selbst bestimmen und unabhängiger sind. Wenn sie nur nicht überall ihr Geschäft verrichten würden! Da haben sich die Hundebesitzer besser entwickelt als die Katzenbesitzer. Inzwischen werden doch schon ziemlich konsequent die Hundehäufchen beseitigt. Ein Fortschritt, den man würdigen muss.

Allerdings ist das nicht überall der Fall. In manchen Städten gibt es Bezirke, in denen die Gehsteige Minenfeldern gleichen. Man muss höllisch aufpassen, nicht in einen Hundehaufen zu treten. Dabei sind es schöne Straßen mit Bäumen, an denen die Hunde eigentlich ihr Geschäft verrichten könnten. Sie tun es aber mitten auf dem Gehweg und Herrchen oder Frauchen lassen es zu und die Bescherung liegen. Noch schlimmer wird es, wenn die Bäume im Herbst ihre Blätter verlieren. Aus eigener Erinnerung weiß ich, wie gern Kinder im Herbst durch das Laub wuseln. Wo sie dabei überall hineintreten, mag ich mir gar nicht vorstellen. Die armen Eltern!

Hundebesitzer, die die Hinterlassenschaft ihrer Lieblinge nicht beseitigen, sollten noch konsequenter als bisher zur Rechenschaft gezogen werden. Ich halte sie für rücksichtslos.

Eins muss ich noch hinzufügen, damit man mich nicht für herzlos hält. Ich muss an Zarah Leanders Lied denken: „Kann denn Liebe Sünde sein?" Da frage ich mich:

Kann Hundehaltung denn falsch sein, wenn sie dazu führt, dass Mensch und Tier sich innig lieben. Ist die Liebe zwischen Mensch und Tier weniger wert als die zwischen Mensch und Mensch? Kann man das sagen? Es gibt so herzzerreißende Szenen zwischen Herrchen oder Frauchen und ihren Hunden, wenn sie sich nach vielen Jahren des Zusammenlebens eng aneinander gebunden haben. Wer will das verurteilen? Ich kann es nicht.

Man sollte trotzdem schon noch die Realität im Auge behalten. Die Grenzen zwischen Mensch und Tier sollten nicht verschwinden. Tatsächlich soll es Menschen geben, die ihrem Hund einen Adventskalender schenken. Während das lediglich absurd ist, gibt es Verhaltensweisen, die moralisch, manchmal sogar juristisch fragwürdig sind. So zum Beispiel, wenn das Haus brennt und der Hundebesitzer, vor die Wahl gestellt ob er seinen Hund retten soll oder den kranken Nachbarn, sich für den Hund entscheidet.

Was ich zu guter Letzt überhaupt nicht nachvollziehen kann, ist, dass manche Menschen – und das macht mich wirklich wütend – aus einer Laune heraus einen Hund kaufen und ihn dann einfach aussetzen, wenn er ihnen zu langweilig wird. Das ist verantwortungslos!

Vandalen

Über die vierbeinigen Stadtverschmut-
zer und ihre Herrchen und Frauchen, die
die Straßen verunreinigen, habe ich mich
gerade beklagt. Noch unverständlicher finde ich es, wenn auch Menschen – erwachsene Leute – ihren Müll fallen lassen, wo
immer sie gerade gehen oder stehen. Haben die denn keine Kinderstube? Wie die
Vandalen!

Auf öffentlichem Grund ist dann die
Stadtreinigung dafür zuständig. Die damit
überflüssigerweise zu belasten ist schon
schlimm. Die Beseitigung festgeklebter
Kaugummis erfordert sogar den Einsatz
von Spezialisten. Was aber noch schlimmer
ist: auf den Gehsteigen von Privathäusern
seine Reste liegen zu lassen. Eine Unverschämtheit! Das müssen dann nämlich die
Hausbesitzer beseitigen. Als ob die nichts
Besseres zu tun hätten!

Das Fehlverhalten kann noch gesteigert werden, indem Schäden verursacht werden. Bei uns gab es einmal mit Ziegeln gedeckte Türpfosten. Die Ziegel befanden sich auf Augenhöhe und es gab tatsächlich Zeitgenossen, die sich veranlasst sahen, die Ziegeln auszubrechen und auf die Straße zu werfen, wo sie in tausend Stücke zersprangen. Was für Idioten! Schließlich gingen sie dazu über, die Ziegel gegen das danebenliegende Garagentor zu werfen, das dadurch beschädigt wurde. Die Konsequenz musste sein, die Türpfosten nicht mehr mit Ziegeln zu decken. Schade. Vorher sahen sie besser aus.

Auch die Unsitte, freie Flächen in Städten mit Graffiti zu „verzieren" oder zu taggen, kann zumindest kritisch gesehen werden. Den einen gefällt es, den anderen nicht. Meine Meinung dazu wäre: Solange es auch nur einen stört, sollte man es nicht tun.

Trophäenjäger

Tatsächlich erschießen manche Menschen grundlos Großwildtiere und lassen sich dann vor den von ihnen erlegten Tieren fotografieren. Zusätzlich bewahren sie noch Trophäen von diesen Tieren auf. Worauf sind sie eigentlich stolz? Das Artensterben ist derzeit schlimmer als zur Zeit des Aussterbens der Dinosaurier. Der Mensch ist schuld daran. Muss man dann noch die letzten Exemplare jagen? Wie schrecklich idiotisch!

Diese Menschen haben irgendein krankhaftes Bedürfnis, sich groß darzustellen, ein Geltungsbedürfnis. Ich muss immer wieder staunen, wer alles so etwas macht. Man sollte es nicht glauben!

Immerhin hat sich inzwischen durchgesetzt, das Tragen von echten Pelzen zu ächten. Wenn in der Steinzeit ein Jäger einen

Bären mit seinem Faustkeil tötete, ging es für beide um Leben oder Tod. Wenn dieser Jäger dann das Fell trug, um nicht zu erfrieren, gibt es nichts dagegen einzuwenden. Da ging es ums Überleben.

Heute riskiert keiner mehr sein Leben bei der Großwildjagd und keiner braucht die Beute zum Überleben. Es ist eine entartete Abenteuersucht und abstoßend.

Ladendiebe

Diebstahl ist ein Verbrechen. Das ist klar. Wer jemanden bestiehlt, tut ihm ein Unrecht an. Natürlich gilt das auch für Ladendiebstahl. Auf den ersten Blick ist hier der Geschädigte abstrakter als bei einem Taschendiebstahl. Genauer betrachtet sind jedoch alle Kunden geschädigt. Der Laden wälzt die durch den Ladendiebstahl verursachten Kosten nämlich über die Preise auf die Käufer ab. Ich selbst werde dadurch bestohlen!

Das kann schon durch geringfügiges Fehlverhalten geschehen. Zum Beispiel, wenn jemand die teureren Rispentomaten von den Rispen abpflückt und als gewöhnliche, günstigere Tomaten abwiegt. Oder jemand entfernt den Markenaufkleber von den teuren Marken-Bananen und kauft sie als das billigere No-Name-Produkt. Mag sein, dass das juristisch gesehen kein Diebstahl, sondern Betrug ist, aber auch in diesem Fall bin ich als Kunde am Ende der Geschädigte.

Wenn ich so etwas sehe … tue ich nichts, sondern wende den Blick ab. Schließlich will ich nicht Polizei spielen. Vielleicht ist es auch nur fehlende Zivilcourage. Alles, was ich tue, ist, dass ich mir meinen Teil über die betreffende Person denke. Das hilft auch nichts. Da bin ich wohl selbst ein Idiot.

Schule

Wie viele Schüler sind der Meinung, dass ihre Lehrer, oder zumindest einige von ihnen, Idioten sind?! Ich selbst kann mich da ausnehmen. Ich hatte tatsächlich durchwegs gute Lehrer in meiner Schulzeit. Zumindest im Nachhinein kann ich das sagen. Ich neige dazu, meine Vergangenheit in einem goldenen Licht zu sehen.

Man könnte denken, der Umgang mit schwierigen Lehrern übe für den Umgang mit Chefs im späteren Berufsleben. Ganz so positiv kann man die Situation nicht immer sehen. Aus gutem Grund sind Kinder in der Schule untergebracht und nicht in einem Beruf. Sie stehen unter Schutz und sollen nicht gequält werden.

Andererseits sollen sie auch etwas lernen. Hieraus wurde früher oft eine gewisse notwendige Härte der Lehrer abgeleitet. Heutzutage werden allerdings die zu lernenden Inhalte nicht mehr so hoch eingeschätzt wie das Heranziehen glücklicher und sozial kompetenter Menschen. Da muss wohl der eine oder andere Lehrer noch umdenken.

Die Lehrer haben ein Problem: Sie haben den ganzen Tag über mit Menschen zu tun, die sie belehren zu müssen glauben. Das formt sie. Sie empfinden sich den meisten Menschen überlegen. Das trifft dann besonders die Eltern ihrer Schüler. Da fühlen sie sich besonders stark, da sie über das Weiterkommen des Kindes entscheiden. Es gibt bei dieser Sorte von Lehrern richtige Idioten. Allerdings ist das nur eine Seite der Medaille. Nicht unerwähnt bleiben sollen dabei diejenigen Lehrer, die den ganzen Tag über bemüht sind, ihren Schülern weiterzuhelfen. Das sind ganz besonders liebe Menschen, auch außerhalb der Schule.

Nicht nur die lernschwächeren Kinder haben Schwierigkeiten, oft auch die hochbegabten. Sie langweilen sich im Unterricht und stören ihn dann zuweilen. Lehrer, die

die Problematik solcher Kinder nicht kennen, versuchen dann, sie zu disziplinieren, mit dem Erfolg, sie noch mehr aus dem Schulgeschehen hinauszudrängen. Die anderen Eltern sind keine Hilfe. Sie wollen nicht sehen, dass ein anderes Kind intelligenter ist als ihr eigenes. Sind sie deshalb Idioten? Wohl kaum: Sein eigenes Kind höher einzuschätzen als andere, ist doch wohl für alle Eltern normal. Dem anderen Kind aber alles Schlechte zu wünschen und danach zu handeln, ist eine andere Sache und rechtfertigt doch die obige abfällige Bezeichnung.

Glücklicherweise gibt es Hilfestellungen. Es gibt Programme für hochbegabte Kinder, die allerdings hohen Einsatz von den Eltern verlangen, und es gibt Förderprogramme für lernschwächere Kinder. Letztere werden aber nur ungern angenommen, weil man sie als Makel empfindet. Lieber setzt man das Kind unter Druck, ohne Hilfe dem Leistungsdruck standzuhalten. Damit quält man sein Kind. So etwas zu tun, verdient wiederum auch Kritik.

In der Schusslinie steht seit einiger Zeit die Schulform des Gymnasiums. Sie ist eindeutig die Schulform, die am besten funktioniert. Kein Wunder: Um dort hineinzukommen, sind Hürden zu überwinden. Wer drinnen ist, nimmt sich zusammen, um nicht wieder hinauszufliegen. So simpel ist es und doch funktioniert es.

Trotzdem gibt es Kräfte, die diese Schulform abschaffen wollen. Warum denn bloß, um Himmels willen? Unsere beste Schulform abschaffen? Das ist doch idiotisch! Wir brauchen in unserer Gesellschaft Eliten. Wenn wir die Kaderschmieden abschaffen, sägen wir an dem Ast, auf dem wir sitzen.

Es gibt einen tieferliegenden Grund dafür. Er findet sich darin, dass in unserer weiblich werdenden Welt Hierarchien Stück für Stück abgebaut werden, auch Schulhierarchien. Ich habe an anderer Stelle über dieses Phänomen geschrieben.

Das ist Grund, der Mechanismus ist viel einfacher: Neid. Die Eltern derjenigen Kinder, die nicht aufs Gymnasium können – und das ist die überwältigende Mehrzahl –

beneiden die Eltern der Gymnasiasten und drängen auf Beseitigung eines vermeintlichen Missstandes, den diese Schulform angeblich verkörpere.

So wird es wohl früher oder später zu einem Systemwechsel in der Schulbildung kommen. Es scheint idiotisch zu sein, folgt aber einer naturgegebenen Notwendigkeit.

Wo etwas zu tun wäre, das sind die Hauptschulen. Es ist kein Verbrechen, auf eine Hauptschule zu gehen und doch will es keiner. Der Grund: Hier sammeln sich all diejenigen, die mit der Schule nichts am Hut haben.

Das Kind wird dann in einen Pool von Schülern geworfen wie in ein Haifischbecken. Da heißt es zunächst: jeder gegen jeden. Viele Schüler bewaffnen sich, um für diese Auseinandersetzungen gewappnet zu sein. Da fängt die Idiotie schon an. Wer sich bewaffnet gegenüber steht, kann doch nicht miteinander arbeiten.

Der Ausweg: Waffenkontrolle am Schuleingang. Wie in einem Hochsicherheitstrakt! Aber wenn es sein muss, um die Sicherheit der Mitschüler zu garantieren ... schließlich sind auch die Lehrer sind vor Angriffen nicht gefeit.

Der Unterricht ist noch halbwegs geregelt. Der Lehrer bringt etwas Ordnung in die Sache, vorausgesetzt, er kann sich durchsetzen. Wenn es nur einige Störenfriede gibt, die einen ordentlichen Unterricht verhindern, kann er diese der Klasse verweisen. Sind es zu viele, hat er ein Problem. Dann sind diejenigen Schüler, die durch ihr Pöbeln den Unterricht verhindern, die Idioten. Sie sind im Unrecht. Es gibt nämlich auch Schüler, die etwas lernen wollen. Sie sind meist die stilleren, weshalb sie übertönt werden. Sie zu fördern, ist Aufgabe des Lehrers.

Der Lehrer indes hat auch keine Superkräfte. Wenn er sich in einer schwierigen Klasse behauptet, verdient er großen Respekt. Es gibt allerdings auch die, die selbst in einer guten Klasse nicht zurechtkommen, weil sie versuchen, die Schüler zu schikanieren. Darf man einen Lehrer als Idioten bezeichnen? Wenn er das große

Glück hat, dass in seiner Klasse das zarte Pflänzchen der Wissbegier blüht, und diese Gelegenheit nicht nutzt, weil er damit beschäftigt ist, seine Autorität zu demonstrieren, könnte er in diese Kategorie fallen. Ein guter Lehrer zu sein, bedeutet nicht, mehr zu wissen, sondern in erster Linie, ein guter Pädagoge zu sein. Und dann ist es natürlich eine Charakterfrage. Manche Lehrer haben einfach eine solche Ausstrahlung, dass sie die Schüler in ihren Bann ziehen. Das ist das Ideal.

Berufsperspektiven

Die Kinder werden heute in der Schule nicht mehr ausschließlich darauf gedrillt, Leistungen zu erbringen. Trotzdem entsteht ein inoffizieller Leistungsdruck durch die Wahl der weiterführenden Schule. Alle Eltern wollen, dass ihr Kind aufs Gymnasium kommt. Das wird sich wohl erst ändern, wenn es nur noch Einheitsschulen gibt.

Wenn die Kinder es dann geschafft haben, das Abitur zu machen, wollen oder sollen sie alle studieren. Da hat ja auch keiner etwas dagegen. Schließlich werden so die Universitäten gefüllt und denen werden ihre Gelder nicht zuletzt auch nach ihren Studentenzahlen zugeteilt.

Dadurch, dass die Gymnasien mit Schülern überflutet werden und sie alle gute Statistiken vorweisen wollen, gibt es eine Inflation von guten Abiturnoten und entsprechende Zahlen von Studienanfängern,

die vom Studium überfordert sind und ab-
brechen.

Das wiederum sieht nicht gut in den Statistiken der Universitäten aus, so dass man
versucht, möglichst viele doch noch durch-
zuschleusen. Das Ergebnis: eine Akademi-
kerschwemme. Die Berufsperspektiven für
die Absolventen sind entsprechend kata-
strophal. Selbst beste Noten garantieren
keinen adäquaten Arbeitsplatz.

Wenn manche sich so für ihr Fach be-
geistert haben, dass sie dort forschen wollen, steht ihnen ein noch härteres Schicksal
bevor. Sie können promovieren und dann
auf Zeitstellen – immer wieder für ein bis
zwei Jahre verlängert – weiterarbeiten. Berufliche Sicherheit würden sie nur durch
eine der wenigen festen Stellen erlangen –
das wären dann Professuren oder Ähnliches. Solche Stellen zu ergattern, erfordert
schon einiges Geschick. Exzellente Leistungen allein reichen da meist nicht aus. So
quälen sich die armen Postdocs jahrein,
jahraus im Kampf um eine Stelle, nur um
dann eines Tages resignieren zu müssen.

Für einen Neuanfang in der Wirtschaft sind sie dann meist zu alt.

Diese armen Menschen wurden um ihre berufliche Zukunft betrogen. Dabei sind sie es, die unsere Forschung vorantreiben und damit unsere Innovationskraft untermauern.

Warum immer alles geändert wird

Die Klopapierpackung muss plötzlich an der Seite geöffnet werden statt oben. Die Marmeladengläser haben auf einmal eine andere Form. Solche und andere unsinnige Änderungen überraschen uns fast täglich.

Es handelt sich angeblich um „Modernisierungen".

An dieser Stelle möchte ich mich über eine „Modernisierung" beklagen, die mich besonders verärgert hat: die Kolorierung des bekannten Fernseh-Sketches „Dinner for One". Die Begeisterung für diesen Schwarz-Weiß-Klassiker dürfte wohl zum großen Teil auf Nostalgie beruhen. Man will das Original sehen, keine Farbversion. Man koloriert ja auch keine Charlie-Chaplin-Filme (hoffentlich nicht).

Wie konnte man das nur machen und – noch unverständlicher – wie konnte man so etwas nur ausstrahlen? Wieder einmal hat-

te jemand geglaubt, eine Neuerung durchsetzen zu müssen.

Woher dieser permanente Drang zu
Neuerungen, die kein Mensch braucht?
Das betrifft, wenn man mal darauf achtet,
fast alle Bereiche des täglichen Lebens.

Aber zurück zum Einzelhandel. Warum
müssen hier die Neuerungen sein? Die einfache Erklärung: um versteckte Preiserhö-
hungen durchsetzen zu können. Die neue
Verpackung enthält zum gleichen Preis
weniger Inhalt, was aber wegen der neuen
Form zunächst nicht ins Auge fällt. Man
spricht von Mogelpackungen. Das ist schon
ärgerlich, aber es ist nicht alles.

Der wirkliche Grund liegt tiefer. Da hat
in der Vergangenheit irgendein Mitarbeiter
durch puren Zufall eine Entdeckung gemacht, die sich für das Unternehmen als
nützlich erwies. Im Normalfall wird sein
Vorgesetzter sich die Federn an den Hut
stecken. Aber mal angenommen, der Mitarbeiter erhielte seine Anerkennung. Mit
etwas Glück wird er dann als „Entwickler"
entdeckt und in eine Abteilung gesteckt, in

der er mit anderen Glückspilzen Innovationen hervorbringen soll.

Nur ist er nicht wirklich ein Genie. Er hat nicht jeden Tag einen Geistesblitz. Also tut er das Nächstbeste und denkt sich jeden Tag irgendeinen Unsinn aus. Er muss ja seine Existenzberechtigung beweisen. Da von der Abteilung Großartiges erwartet wird, werden seine Neuerungen prompt umgesetzt und der Verbraucher fragt sich kopfschüttelnd, was das soll.

Es dauert eine Weile, bis der Misserfolg sichtbar wird, und dann wird die Innovationsabteilung erneut darauf angesetzt. Das Ergebnis ist noch schlimmer. Und so geht es weiter.

Das Drama ist: Da gibt wirklich Leute, die glauben, dass alles einer Mode unterliege und dass diese mit der Zeit gehen müsse. Noch unglaublicher ist, dass diese Leute Gehör bei Entscheidern finden. Was ist da los?

Schattenseiten des Fortschritts

Ich kann nicht leugnen, dass der Fortschritt viel Positives mit sich bringt, auch wenn die Umsetzung manchmal etwas holprig ist. Letzteres muss wohl so sein, wenn überall Idioten sitzen. Dass es trotzdem immer wieder gut ausgeht, ist wohl dem Gruppeneffekt zuzuschreiben. Eine Gruppe von Menschen kann die Fehler Einzelner korrigieren und zu einem vernünftigen Ende führen.

Dieser Effekt muss leider versagen, wenn die ganze Gruppe sich wie ein Haufen Idioten verhält. Das ist zum Beispiel der Grund, warum die Qualität der Nahrungsmittel immer weiter abnimmt. Jeder schwärmt von Omas Marmelade und beklagt, dass es so etwas nicht mehr zu kaufen gibt.

Der Mechanismus, der dazu geführt hat, ist ganz simpel. Zu einem einmal eingeführten Sortiment von Marmeladen kommt plötzlich eine neue hinzu. Sie ist schlechter als die anderen, aber viel billiger. Die Leute kaufen die billigere. Das ist nicht von vornherein idiotisch. Oft kommt es vor, dass Markenartikel in No-Name-Verpackungen preisgünstiger verkauft werden, um zusätzlichen Umsatz zu generieren. In solchen Fällen ist es sinnvoll, preisgünstiger zu kaufen.

Ist aber ein Produkt wirklich „billiger", d.h. von minderer Qualität, sollte man abwägen. Ist man finanziell so knapp dran, dass man sich die bessere Qualität nicht leisten kann, oder zwickt einen nur der Geiz? Das muss jeder für sich entscheiden.

Gegen alle Statistiken der finanziellen Leistungsfähigkeit entscheidet sich die überwältigende Mehrheit der Käufer für das billigere Produkt. Die bessere Marmelade wird vom Markt gefegt, es gibt bald nur noch das Billigprodukt. Bis eines Tages eine noch schlechtere auf den Markt kommt und das Spiel von Neuem beginnt.

Geiz und Sparsamkeit

Immer öfter wird ein zunehmender Preisverfall bei bestimmten Gütern beklagt. Hauptsächlich geht es um Nahrungsmittel. Dieses Preisdumping schädige die Produzenten, wird gesagt. Das Ganze wird als Vorwurf formuliert. Den Konsumenten wird eine Geiz-Mentalität vorgeworfen.

Als Geiz bezeichnet man eine übertriebene Sparsamkeit. Das heißt, dass diese Sparsamkeit nicht nötig wäre. Was aber, wenn der Betreffende kaum Geld hat? Was, wenn er sich nur billige Produkte leisten kann? Gerade bei Lebensmitteln kann doch keiner etwas dagegen haben, dass jeder sie sich leisten kann, wenn überhaupt. Die Leute, die auf den Preis achten, weil sie es müssen, kann man doch nicht als geizig bezeichnen. Das ist doch idiotisch!

Aber denken wir weiter: Wenn man tatsächlich auf irgendeine Weise höhere Preise durchsetzen würde, könnten diese Leute

– man kann sie wohl als arm bezeichnen – sich viele Nahrungsmittel nicht mehr leisten. Das wäre nicht nur moralisch unvertretbar, das wäre auch wirtschaftlich unsinnig. Dann fielen Unmengen von Käufern weg, die nicht gekauften Lebensmittel würden verderben und die Produzenten hätten den Schaden.

In einer Marktwirtschaft kann man nicht alles erzwingen, was man möchte. Bestenfalls kann man da unterstützen, wo es nötig wäre. Hier gäbe es zwei Möglichkeiten: entweder den Menschen, die unter finanzieller Knappheit leiden, großzügig Geldmittel zur Verfügung zu stellen oder die in Bedrängnis geratenen Produzenten entsprechend zu subventionieren. Mal sehen, worauf es hinausläuft.

Falsche Beschuldigungen

Die meisten kennen sie glücklicherweise nur aus ihrer Kindheit: die falschen Beschuldigungen. Da hat das Brüderchen die Tasse zerbrochen und sagt, das Schwesterchen wäre es gewesen. Das ließ sich damals durch strenge Befragung noch aufklären.

Aber wie ist es bei Erwachsenen? Wer kann erklären, wie irgendwelche gestohlenen Gegenstände sich ohne sein Wissen in seinem Besitz befinden? Da kommt man schon in den kriminellen Bereich.

Es geht auch harmloser. Zwei Männer sind in dieselbe Frau verliebt. Der eine der beiden erzählt der Angehimmelten eine Schauergeschichte über seinen Konkurrenten, woraufhin die den Beschuldigten fallenlässt und sich dem Verleumder zuwendet. In so einem Fall spricht wiederum nicht für die Dame, dass sie die Vorwürfe unbesehen glaubt. Es könnte schon fast idiotisch genannt werden.

Indes gibt es Intriganten, die es schaffen, ähnlich lautende Aussagen von weiteren Personen zu lancieren. Wenn ein solcher Intrigant Erfolg hat, wird die Frau erst später erkennen, dass sie sich für den Falschen entschieden hat.

Dasselbe Schema kennt man natürlich auch von zwielichtigen Bewerbern um eine begehrte Stelle. Da ist kein Trick zu schmutzig, den Mitbewerber zu diskreditieren, solange man nicht durchschaut werden kann. Das Schema wird auch bei Ausschreibungen von lukrativen Aufträgen angewandt, wenn Schmiergeldzahlungen nicht in Frage kommen sollten.

Beliebt unter Kollegen bei einer anstehenden Beförderung ist auch der Trick, wichtige Akten verschwinden zu lassen, die vermisst und gesucht werden, um dann, wenn es zu spät ist, unvermittelt beim verhassten Konkurrenten aufzutauchen. Der bekommt die Stelle nicht.

Vorsicht vor solchen Tricksern! Sie sind zwar nicht dumm, aber man würde sie als Idioten bezeichnen, weil sie zu unfairen

Mitteln greifen. Wo kämen wir hin, wenn alle das täten? Das ist falsches Verhalten!

Eine niedliche Variante bietet sich an, wenn dem Chef seine Tasse sehr ans Herz gewachsen ist. Man stellt sie auf eine solche Weise in den Schrank, dass sie beim Öffnen herauspurzelt und auf dem Boden zerspringt. Einer der lieben Kollegen, dem das passiert, bekommt dann großen Ärger. Leider lässt sich bei diesem Spaß nicht kalkulieren, wer den Schrank öffnet.

Eine romantische Variante wäre, dass ein Kollege mit einer von ihm sehr verehrten Kollegin zuerst den Raum betritt und ihr dann am Schrank den Vortritt lässt. Das Unglück nimmt seinen Lauf, die Kollegin fühlt sich schuldig. Jetzt kommt die Stunde des edlen Ritters. Er übernimmt tapfer die Schuld, die ja eigentlich sowieso seine war. Vielleicht kommen sich die beiden damit näher … Dann war es nicht idiotisch.

Idioten überall

Wenn ein Idiot einen nicht mag, erzählt er es herum. Das Erstaunliche: Er findet immer wieder Zuhörer. Diese glauben seine absurden Beschuldigungen des Opfers und mögen diese Person dann auch nicht mehr. Die leichtgläubigen Zuhörer verhalten sich dann ebenfalls idiotisch und verbreiten die Botschaft weiter. So vermehren sich die Idioten, bis sie in der Mehrzahl sind. Ein Schneeballsystem.

In einer solchen Gemeinschaft der Idioten kann es als positive Charaktereigenschaft gelten, nicht dazuzugehören. Das allein garantiert zwar noch nicht, dass man auf keine Weise idiotisch ist, aber es ist schon mal ein Anfang.

Gruppen sind ideale Brutstätten von Idioten. Der Gruppenzwang schaltet das eigene Denken aus und setzt an dessen Stelle die Parolen der Gruppe. Soll z.B. ein potenzielles Mitglied ausgegrenzt werden,

so werden ihm negative Eigenschaften angedichtet wie „Der stinkt nach Knoblauch"
oder „Der spricht ja noch nicht einmal ordentlich deutsch". Solche Vorurteile werden von den Mitgliedern der Gruppe bedenkenlos geteilt. Damit qualifizieren sie
sich als Idioten.

Wenn die Idioten sich immer weiter
vermehren, erhebt sich die Frage, ob es
überhaupt noch idiotenfreie Zonen gibt.
Man denkt doch, es müsse sie geben. Manche Gruppen von Menschen genießen ein
so hohes Ansehen, dass man sich kaum
vorstellen kann, einer von ihnen könnte ein
Idiot sein.

Ein Fehlschluss. Die Eigenschaft, ein Idiot zu sein, ist so fest mit der menschlichen
Natur verbunden, dass man mit einem
konstanten Prozentsatz von Idioten rechnen muss, wohin man auch blickt. Nehmen
wir nun eine Gruppe von vorbildlichen
Menschen und gehen davon aus, dass ihre
Vorgeschichte, die sie in ihre Gruppe geführt hat, so beschaffen ist, dass sie entweder Idioten nicht zugelassen hätte oder Idi

oten in bessere Menschen umgewandelt hätte.

Das Problem ist, dass die Ausleseverfahren in der Menschheitsgeschichte nicht auf diese Weise funktionieren. Sie sind von Menschen geschaffen und voller Schwächen. Sie können ausgetrickst werden und sie werden ausgetrickst. Sie selektieren diejenigen, die ihre idiotischen Eigenschaften am besten verbergen können. Idioten bleiben sie trotzdem und überraschen damit ihre Umwelt in einem Augenblick, da man am wenigsten damit gerechnet hätte.

Es bleibt dabei: überall Idioten.

Um noch eine Berufsgruppe zu nennen, die über jeden Verdacht der Idiotie erhaben zu sein scheint: die Politiker. Über Politik wollte ich eigentlich nicht schreiben; deshalb soll es nur ganz allgemein um Politiker gehen, ohne irgendwelche Namen zu nennen.

Immer wieder hört man, wenn Nachfolger großer Politiker gesucht werden, dass weit und breit keiner da wäre. Dabei gibt es ein Heer von Politikern und solchen, die es gerne wären. Nur hat keiner die Ausstrahlung, das Charisma, die Persönlichkeit, die Lebenserfahrung, die der Vorgänger/die Vorgängerin hatte und die man eigentlich für den zu besetzenden Job braucht. Wundert das? Mich nicht. Die Politiker, die heute herangezogen werden, sind ja schon seit ihrer Jugend in ihrer Partei. Das müssen sie auch, wenn sie dort etwas werden wollen. Nur haben sie nie etwas anderes gemacht. Sie sind von Anfang an Berufspolitiker gewesen. Woher sollen sie ihre Lebenserfahrung nehmen? Wie hätten sie zu Persönlichkeiten reifen sollen?

Idioten sind sie nicht. Ich würde sie jedenfalls nicht so bezeichnen. Wenn irgendwelche ihrer politischen Gegner das tun sollten, wäre das ihre Sache.

Hypes

In der Herde mitzurennen, macht Spaß. Das ist ganz normal und deswegen ist man nicht gleich ein Idiot. Ein Hype entsteht dadurch, dass immer mehr Menschen einem Trend hinterherrennen. Irgendwann ist dann jedoch der Punkt erreicht, wo es doch idiotisch wird. Dieser Punkt zeichnet sich dadurch aus, dass die Einzelnen so handeln, wie sie es bei klarem Verstand nicht billigen würden. Wohlgemerkt: nicht billigen! Das heißt nicht, dass man nicht ein bisschen unvernünftig sein darf. Es geht um die Verletzung wichtiger Normen. Ein Beispiel: Hooligans bei Fußballspielen, die im Rausch ihrer Begeisterung für ihre Mannschaft Anhänger der gegnerischen Mannschaft verprügeln, sind Gesetzesbrecher. Fußballfans, die Siegeslieder grölen, sind es nicht.

Es gibt Hypes, die die ganze Nation, manchmal sogar die ganze Welt erfassen.

Wenn ein Geschäft damit zu machen ist, werden sie gern noch von Werbeagenturen angeheizt. Wenn sie erst einmal allgemeines Interesse erregt haben, berichten auch die Medien darüber und heizen sie damit erst recht an. Wenn damit Panikmache verbunden ist, wird die Grenze erreicht. So etwas darf man nicht übertreiben, sonst kann man es nicht mehr stoppen.

Berichte über Seuchen und ansteckende Krankheiten sind wichtig, aber sie dürfen nicht zu unangemessenen oder gar gefährlichen Reaktionen führen.

Odyssee auf dem Parkplatz

Bei Regenwetter sollte man nicht raus-
gehen. Wenn man zu Fuß unterwegs ist,
wird man nass; wenn man mit dem Auto
unterwegs ist sieht man nichts, weil die
Scheiben beschlagen. Jedenfalls waren sie
das, als ich nach dem Einkauf zum Auto
zurückkam. Außerdem war ich rechts und
links zugeparkt, konnte mich gerade noch
auf den Fahrersitz zwängen.

Wie sollte ich da rückwärts ausparken.
Ich konnte überhaupt nichts sehen. Aber
vorwärts würde es gehen. Auf dem vor mir
liegenden Parkplatz stand keiner. Also los.
Zu dumm nur, dass die zugehörige Fahr-
spur in die falsche Richtung führte. Aber
was soll's. Bei dem Wetter war sowieso
keiner unterwegs. Ich fuhr einfach entgegen der Fahrtrichtung. Schnell hatte ich die
Einfahrt erreicht. Ja, wenn man auf einem
Parkplatz entgegen der Fahrtrichtung fährt,
gelangt man zur Einfahrt statt zur Aus-
fahrt. Glücklicherweise ging die Schranke
gerade auf und ich wollte schnell hinaus-

schlüpfen. Allerdinges war die Schranke aufgegangen, weil von der anderen Seite ein Fahrzeug hineinwollte. Wir trafen uns genau an der Schranke. Das Manöver, jetzt umzudrehen, erwies sich als weitaus schwieriger, als das Rückwärtsausparken am Anfang gewesen wäre. Warum musste ich immer besonders schlau sein wollen? Ich Idiot! Man sieht: tatsächlich überall Idioten, selbst wenn ich es bin.

Abgase

Fast jeder verpestet die Umwelt durch die Abgase seines Autos. Auch ich mache da keine Ausnahme. Die Rahmenbedingungen für ein autofreies Leben sind einfach noch nicht geschaffen worden. Das wäre eine Aufgabe für die große Politik, aber es braucht seine Zeit.

Was mich aber persönlich trifft, empfinde ich den immer häufigeren Versuch, mir und allen anderen Autofahrern ein schlechtes Gewissen wegen des Autofahrens einzureden, als Ärgernis. Die allermeisten fahren doch nicht zum Vergnügen mit ihrem Auto spazieren. Da stehen Notwendigkeiten, Zwänge im Hintergrund. Und das stört mich dann doch – auch als Privatperson: wenn jemand mit dem Finger auf mich zeigt, um vom eigenen Versagen abzulenken. Sollen sie sich doch zunächst mal um die Großen kümmern, bevor sie auf die Kleinen losgehen. So war es schon im Mittelalter: Die Kleinen hängt man, die Großen lässt man laufen.

Dabei ist es nicht die Dummheit der Masse, die zur Kohlendioxid-Überlastung geführt hat. Die Steuerung war falsch. Es wäre vielleicht auch anders gegangen. Die Entwicklung der Elektroautos ging gleichzeitig mit der des Benziners voran. Warum mussten sich der Letztere durchsetzen? Man ist geneigt, das heute für einen Fehler zu halten.

Auch Elektroautos können andererseits Probleme machen. Man denke nur an die Entsorgung der Lithium-Akkus. Was fehlt, ist, die Alternativen gründlich zu durchdenken. Dabei sagt man schon den Kindern: Erst denken, dann handeln. Wasserstoff-Autos wären auch noch als eine Möglichkeit denkbar.

Ein anderes Beispiel: Die Verbreitung dieselgetriebener Schiffe verhinderte die Weiterentwicklung der Flettner-Schiffe, die durch Windkraft angetrieben wurden. Diese und viele andere Fehlentwicklungen sollen nun korrigiert werden – viel zu spät und bislang auch nur halbherzig!

Es gibt allerdings auch Luftverpestungen, die Kleine zu verantworten haben und die auch wieder Kleine schädigen. Das ist für meinen Geschmack dann schon etwas Persönliches. Dazu gehört zum Beispiel, im Sommer den Grill anzuwerfen, wenn der Wind so steht, dass der Rauch zum Nachbarn hinüberweht, wobei dieser wegen der Hitze nicht einmal die Fenster schließen kann.

Aber auch im Winter kann man seine Nachbarschaft belästigen. Wer einen Holzofen unsachgemäß betreibt, indem er zum Beispiel lackiertes Holz oder Gegenstände mit Kunststoffteilen verbrennt, bläst giftige Gase in die Umgebung. Bei einer Inversionswetterlage kann der Rauch nicht aufsteigen und verbreitet sich nach nebenan. Das grenzt schon an Körperverletzung.

Die sinnlose Anhäufung von Vermögen

Manche Menschen haben so viel Geld, dass sie es in der Menge gar nicht mehr ausgeben können, und häufen immer noch mehr an. Ist das nicht idiotisch? Warum können sie den Hals nicht vollkriegen? Was noch schlimmer ist: Es gibt sogar Menschen, die unsaubere Geschäfte vorantreiben, um Geld zu ergattern, das sie gar nicht mehr brauchen. Da ist wohl die Gier außer Kontrolle geraten.

Wenn es aber so ist, dass die Gier eine solche Macht hat, sollte man die Menschen nicht in Versuchung führen. Entscheider, die ihre Macht zu ihrem Vorteil missbrauchen könnten, müssen kontrolliert werden.

Dazu eine Bemerkung über die Abgeordneten. Sie sind Vorzeigebürger und über jeden Verdacht erhaben. Natürlich.

Trotzdem sind die Abgeordnetendiäten immer wieder ein Reizthema. Oft wird gesagt, die Abgeordneten seien das Geld nicht wert, das sie bekämen. Da muss man nun vorsichtig sein: Die Abgeordneten haben wir, das Volk, selbst für diesen Posten gewählt. Das ist, wenn sie nicht geeignet sein sollten, unsere eigene Schuld. Natürlich will man es selbst nicht gewesen sein, aber so ist es nun einmal in der Demokratie. Das ist ja nicht verkehrt.

Eine andere Frage ist die Höhe der Bezüge. Die Abgeordneten gehören zu den wenigen privilegierten Beschäftigten, die die Höhe ihrer Bezüge selbst bestimmen dürfen. Da kommt naturgemäß leicht der Verdacht der Selbstbedienungsmentalität auf. Man geht wohl davon aus, dass man selbst dagegen vielleicht nicht gefeit wäre und dass die Abgeordneten ja auch keine Heiligen wären.

Die richtige Art, auf so einen Verdacht zu reagieren, wäre wohl, die eigenen Bezüge extra niedrig anzusetzen, so dass sie gerade einmal die durchschnittlichen Lebenshaltungskosten eines normalen Bürgers decken würden. Nun, das wäre offenbar zu viel verlangt. Auch die Versorgung nach Beendigung der Amtszeit wird zusätzlich üppig ausgestattet. Was waren das noch für Zeiten, als im Rom der Antike ein Cincinnatus nach erfolgreicher Diktatur zu seiner Feldarbeit zurückkehrte.

Diese Mentalität ist anscheinend verlorengegangen. Nun gut, sollen die Abgeordneten selbst entscheiden. Es sind anständige Leute. Warum sie aber in Versuchung führen?

Das ließe sich im Prinzip sehr leicht umgehen, indem man eine Volksbefragung zur Höhe der Diäten durchführt. Warum man das nicht macht, ist mir nicht ganz klar. Womöglich traut man der eigenen Bevölkerung nicht zu, den wahren Wert ihrer Abgeordneten zu erkennen.

Während man den Abgeordneten vertrauen kann, ist das bei den großen Akteuren der Wirtschaft nicht immer der Fall. Zu unübersichtlich sind die Verflechtungen der Wirtschaft, als dass man überschauen kann, ob sich jemand unzulässig bereichert.

Aber man muss ja nicht immer gleich vom Unerlaubten ausgehen. Bereits die völlig legal gezahlten Gehälter mancher Wirtschaftsbosse sind so utopisch, dass es fast schon unanständig ist. Das Missverhältnis zwischen dem, was ein Arbeiter in einer Fabrik verdient und dem, was die Bosse verdienen, ist himmelschreiend, um nicht zu sagen: idiotisch.

Wann hat man also genug? Das ist vom Charakter abhängig und vom Lebensalter. Die Einstellung zur Anhäufung von Dingen sollte sich eigentlich mit dem Alter ändern. Der junge Mensch hat sein Leben noch vor sich – er sammelt an für später. Der ältere Mensch sollte wissen, dass er das meiste schon hinter sich hat. Seine Vorsorge braucht nicht so weit in die Zukunft zu gehen. Er weiß, dass das Leben zu kurz ist, um irgendetwas aufzuschieben.

Das äußert sich beim Essverhalten. Bekommt man einen Teller mit sehr leckeren und weniger leckeren Speisen vorgesetzt, so isst der junge Mensch zuerst die weniger leckeren, um sich die sehr leckeren für später aufzuheben. Der ältere Mensch macht es umgekehrt – er will den Augenblick genießen, weil er nicht weiß, wie lange er noch Zeit hat.

Das Paradoxe ist jedoch: Diejenigen, die in unserer Gesellschaft das meiste Geld anhäufen, sind in der Mehrzahl die Älteren. Wer jung ist, gibt sein Geld aus. Wie kommt das? Der Grund ist, dass die Älteren erst im Laufe ihres Lebens die Kniffe gelernt und Beziehungen aufgebaut haben, um richtig viel Geld anzuhäufen. Charakterlich haben sie dabei oft nicht weiterentwickelt. Sie erkennen nicht, dass es sinnvoller wäre, die verbliebene Zeit zu nutzen, das Geld loszuwerden. Die Jungen umgekehrt haben es schwer, an das Geld zu kommen, das sie zu brauchen glauben, und können daher nicht sparen.

Das tatsächliche Verhalten widerspricht also dem psychologisch als natürlich geltenden. Das ist doch geradezu idiotisch. Auf diese Weise wird das Geld daran gehindert, Gutes zu bewirken.

Was wäre zu tun? Der Kommunismus in seiner bisherigen historischen Form hat sich nicht durchsetzen können. Den Peis der Aufgabe der individuellen Freiheit waren die Menschen nicht bereit zu zahlen. Aber es gibt auch mildere Formen. Man kann auch in der Demokratie viel bewegen. Die Wohlstandsschere muss eher geschlossen als weiter geöffnet werden. Dies scheinen die meisten einzusehen. Nun muss es nur noch Realität werden.

Der Sinn des Lebens

Gibt es ihn, den Sinn des Lebens? Viele sind auf der Suche danach und mindestens ebenso viele bieten eine Antwort auf die Frage. Dabei lässt sich diese Frage eigentlich nicht präzise allgemein beantworten, sondern nur individuell. Jeder muss sie für sich beantworten. Diese Suche kann sogar selbst eine Lebensaufgabe sein, für manche sogar den Sinn des Lebens darstellen, muss sie aber nicht.

Die Entwicklung des kollektiven Unterbewusstseins der Menschheit geht im Gegenteil gegenwärtig eher in die Richtung, eine gewisse Geborgenheit für gegeben zu nehmen, ohne Dinge zu postulieren, über die wir sowieso nichts wissen können. Die menschliche Antizipation ist von der Evolution positiv voreingestellt worden und hilft uns, Gutes von der Zukunft zu erwarten, auch wenn wir diese Zukunft nicht erkennen können.

Wohl die meisten Menschen empfinden so. Trotzdem haben wir Respekt, wenn jemand aus religiösen Gründen zu wissen glaubt, was kommen wird. Das ist Toleranz und so soll es sein.

Wenn jedoch einer von jenen, die glauben, die religiöse Wahrheit gepachtet zu haben, sich anmaßt, allen anderen vorzuschreiben, wie sie zu leben haben, so gefällt mir das nicht, um nicht härtere Worte zu gebrauchen. Erleichtert wird dieses intolerante Verhalten der „Wissenden" durch Traditionen, die sich im Mittelalter herausgebildet haben. Nicht wenige sind geblieben und steuern unser Leben. Man denke nur an das Sonntagsgebot. Einen Tag frei haben wollen viele, vielleicht sogar eine Mehrheit, aber muss es der Sonntag sein? Wie wäre es, wenn jeder sich seinen freien Tag selbst aussuchen könnte? Also, Traditionen sind etwas Schönes, solange sie nicht zum Zwang werden. Heute sollte „jeder nach seiner Façon selig werden", wie es Friedrich der Große formulierte.

Leute, die mir erzählen wollen, was der Sinn meines Lebens sei, sind mir suspekt. Zwar glauben sie oft selbst daran. Manchmal aber verfolgen sie ihre eigenen Ziele dabei. Dann soll ich manipuliert werden und Manipulatoren hat die Menschheit schon viel zu viele.

Gefährlich ist auf jeden Fall der Absolutheitsanspruch der meisten Religionen. Zu welchen Exzessen das führen kann, hat die Inquisition gezeigt. Es ist dasselbe bei allen totalitären Ideologien: Man engt den Freiraum des Individuums ein. Dass so etwas nicht funktionieren kann, hat gerade erst der Zusammenbruch des Kommunismus gezeigt.

Natürlich darf man bei den Vertretern der Religionen nicht von Idioten sprechen. Im Gegenteil: Denen, die ihr Leben einer solchen Sache widmen, gilt mein höchster Respekt. Diejenigen, die ihnen folgen, darf man ebenfalls nicht verspotten. Jeder hat das Recht auf seinen Glauben. Und ein gewisser individueller Glaube ist eine gute Sache.

Die Kirchen sammeln Gläubige, die sich einer bestimmten Religion zugehörig fühlen. Dabei sind riesige Organisationen entstanden, die hierarchisch strukturiert sind. Das Problem ist, dass sich Hierarchien schwertun, Irrtümer einzugestehen. Es geht im Einzelfall sogar so weit, dass behauptet wird, die Kirche könne gar nicht irren. Das steht im Widerspruch zur gesamten Erfahrung der Menschheit, die zeigt, dass Menschen immer wieder irren.

Ärztliche Überweisungen

Das, woran ich jetzt denke, ist so idiotisch, dass ich fast schon zögere, es aufzuschreiben. Nicht weil es so unsagbar wäre, sondern weil es wahrscheinlich schon wieder geändert wird, bis dieses Buch erscheint. Ich spreche von den Überweisungen von Arzt zu Arzt bzw. von Arzt zu Klinik. In diesem Bereich wird soviel herumexperimentiert und geändert, dass man nie weiß, wie lange die Missstände, über die man sich ärgert, noch bestehen werden.

Man sagt sich: Wozu sich beschweren, es wird ja sowieso bald wieder geändert. Andererseits muss man sich bis dahin darüber ärgern. Da kann man auch meckern.

Diese Überweisungen dienen hauptsächlich dem Zweck, den Verwaltungsapparat aufzublähen, in den Arztpraxen und bei den Krankenversicherungen. So erfüllen sie eine wichtige Aufgabe: neue Arbeitsplätze zu schaffen. Andererseits müssen diese zusätzlichen Arbeitskräfte auch bezahlt werden, wodurch sich die Kosten im Gesundheitswesen erhöhen. Und das in einer Situation, da die Kostenexplosion im Gesundheitswesen allenthalben beklagt wird. Man möchte am liebsten gar nicht daran denken, wo dann wieder eingespart wird.

Lustig ist, was als Begründung für die Notwendigkeit der Überweisungen angeführt wird: Sie würden wichtige Informationen zur Diagnose und verabreichten Medikamenten enthalten. Ich habe noch keine Überweisung gesehen, auf der mehr als ein lapidares Stichwort vermerkt gewesen wäre. Ist ja auch überflüssig. Im Normalfall weiß der Patient ja, weshalb er den Facharzt aufsucht. Wenn der Facharzt den Patienten nicht kennt, wird er ihn ohnehin eine Anamnese ausfüllen lassen. Auch die direkte Kontaktaufnahme von Arzt zu Arzt in kritischen Fällen ist allgemein üblich.

Bleiben noch die Fälle, wo die Patienten nicht selbst kommunizieren können, sei es, weil sie dement sind, sei es aus anderen Gründen. In diesen Fällen wird jedoch sowieso eine umfangreichere Zusammenarbeit zwischen den verschiedenen Ärzten nötig sein, die keinesfalls nur auf dem Weg der Überweisungen laufen kann.

So bleiben die Überweisungen ein überflüssiges Ärgernis. Da gibt es die Situation, dass eine Klinik eine Nachuntersuchung nach einem halben Jahr verabredet hat, der Hausarzt aber die Überweisung verweigert, weil er selbst diese Untersuchung durchführen kann und daran verdienen will.

Ärgern kann man sich auch, wenn man vergessen hat, sich eine Überweisung ausstellen zu lassen. Immerhin wird man schon einmal behandelt, was gut ist, muss die Überweisung aber nachreichen, was erst einmal logisch erscheint. Also gut: zum Hausarzt und die Karte vorlegen. Man bittet, die Überweisung zum anderen Arzt zu faxen oder zu mailen. Keine Chance: Die Überweisungen müssen immer in Schriftform vorliegen. Die Steinzeit lässt grüßen.

Ich habe das erlebt und noch mehr. Diesmal ausnahmsweise keine Meckerei: Es gibt auch noch nette Menschen. Mir hat

eine Arzthelferin einmal bei so einer Gelegenheit den Weg zum anderen Arzt oder
zum Postamt erspart, indem sie die Überweisung in die Praxispost übernommen tat.
Sehr freundlich! Vielen Dank!

Heime

Heime dienen zum Wohnen für Menschen, die nicht selbst für sich sorgen können, also Kinder, beeinträchtigte Menschen, Senioren usw.

Einen Platz in einem Heim kann sich heute kaum einer aus eigener Kraft leisten. Die Leistungen der Pflegekassen reichen bei weitem nicht aus. Gewaltige Zuzahlungen sind erforderlich. Die gesamte Verwandtschaft ist gefragt, eventuell auch der Staat. Bei diesen hohen Kosten erstaunt es, wenn einzelne Leistungen noch extra bezahlt werden müssen. Leider kommt das zuweilen vor, nicht überall, aber doch ab und zu.

Organisatorisch ein Wahnsinn: Ein Handgriff, der zwei Sekunden dauert, braucht zwei Minuten, um dokumentiert zu werden. Die Abrechnung erfordert eine zusätzliche Fachkraft. Um diese bezahlen zu können, muss eine Pflegerin entlassen werden. Dabei gibt von denen sowieso zu wenig. Aber das Prinzip ist: Hautsache, die Kasse stimmt. Wie es den betreuten Menschen geht, ist nicht so wichtig. Dabei sollte es doch um sie gehen! Nur haben sie kein Sprachrohr.

Eines muss man aber immer wieder bewundernd anerkennen: Die Pflegekräfte, meist aus dem Niedriglohnsektor rekrutiert, leisten Erstaunliches. Unter schwierigsten Bedingungen, bei knausrigster Bezahlung gehen sie mit unerschütterlichem Idealismus zu Werk, kümmern sich rührend um ihre Schützlinge, versuchen, ihnen das Leben so angenehm wie möglich zu gestalten. Das hängt natürlich davon ab, ob ihnen Zeit dafür zugestanden wird. Wird sie leider oft nicht. Wer auch immer verantwortlich für die knappe Zeitbemessung ist, macht sich hier schuldig.

Deprimierend finde ich Weihnachtsfeiern in Heimen, besonders in Kinderheimen. Gerade an diesem Fest spüren die Kinder das Fehlen einer Familie. Immerhin wird den Kindern eine Weihnachtsfeier geboten. Das ist gut. Aber was die armen Hascherln da als „Leckereien" vorgesetzt bekommen, ist nach der Sparsamkeitsdoktrin zusammengestellt: das Billigste vom Billigen. Das hat irgendetwas mit Wirtschaftlichkeit zu tun.

Nun ist es ja nicht so, dass die Kinder nicht auch Kontakte zur normalen Welt hätten. Sie wissen, was es alles Gutes gibt. Wenigstens ein paar echte Leckerbissen zu Weihnachten könnte man den Kleinen doch spendieren. Muss auch hier noch die Sparsamkeit regieren? Es ist doch Weihnachten!

Umso erfreulicher, wenn es dann doch ab und zu Lichtblicke gibt. Sei es eine überraschende Spende zu Weihnachten, sei es eine unerwartete Nachzahlung. Irgendwie gibt es plötzlich doch ein Happy End. Auf einmal bekommen die Kinder zu Weihnachten Süßigkeiten einer erstklassigen Marke vorgesetzt, und es gibt nichts mehr zu mäkeln.

Was wird aber dann aus der Theorie über die Idioten? Erstens: Wenn die glückliche Wendung einer Spende zu verdanken war, dann dat sich da jemand gefunden, der oder die gespendet hat. Es gibt also auch gute Menschen. Das darf man nicht vergessen, wenn man sich, wie hier geschehen, auf die Idioten konzentriert. Zweitens: Die Idiotie, über die ich mich beklagt habe, ist keine unveränderliche Eigenschaft. Wie schön, wenn manchmal Idioten zu netten Menschen werden! Das macht Hoffnung. Mag sein, dass sie vorher nicht gesehen hatten, dass sie sich falsch verhalten hatten, mag sein, dass sie es bewusst getan hatten und erst jetzt umgedacht haben. Das spielt eigentlich keine Rolle mehr. Allein die Tatsache, dass so etwas möglich ist, macht wieder Mut.

Schluss

Sie nerven und doch wäre die Welt langweilig ohne all die Idioten, die sie bevölkern. Natürlich würde ich nicht so weit gehen, sie alle als liebenswerte Idioten zu bezeichnen. Ich habe erwähnt, dass es solche gibt, aber die Mehrzahl, nein, die sind wirklich nicht liebenswert. Dazu sind sie oft zu bösartig. Aber es bleibt die Erkenntnis: Es muss auch Idioten geben. Es gibt denen, die keine Idioten sind, Gelegenheit zu erkennen, dass es nicht selbstverständlich ist, sich so zu verhalten, wie sie es tun. Und ist es nicht umso schöner, wenn die Idioten dann auch noch geläutert werden?

Warum also meckern? Müsste man eigentlich nicht. Aber Meckern ist nun einmal eine meiner Lieblingsbeschäftigungen. Und es tut gut, seinem Ärger einmal Luft zu verschaffen. Ich hoffe, dass es die Leser so leicht nehmen, wie es gemeint war: eine humorvolle Kritik unter Mitmenschen, die alle nicht perfekt sind. Auch mich nehme ich da nicht aus.

Wie geht man also mit Idioten um? Meine Meinung: am Besten ignorieren! Es könnte sein, dass das nur Ausdruck meiner Unfähigkeit ist, etwas zu ändern. Andererseits kann man manche Dinge nicht ändern. Immerhin bin ich mit meiner Meinung nicht allein. Einstein soll dazu gesagt haben:

„Wer schweigt, stimmt nicht immer zu. Er hat nur manchmal keine Lust, mit Idioten zu diskutieren."

Vielleicht ist die ubiquitäre Sichtung von Idioten auch nur Zeichen von selektiver Wahrnehmung. Vielleicht will ich überall nur das Schlechte sehen. Das wäre eine Erklärung. Andererseits hat die Menschheit tatsächlich mehrmals dicht davor gestanden, sich selbst zu vernichten, nicht nur nuklear. Das ist ein Fakt, der wiederum für die Idiotentheorie sprechen könnte. Man weiß es nicht.

Wenn es aber so sein sollte, dass wir alle Idioten sind, was für einen Sinn hätte es dann, das zu betonen? Es wäre lediglich ein Eingeständnis unserer eigenen Unzulänglichkeit. Der Ausspruch „Alles Idioten" wäre dann nichts als ein Stoßseufzer, der zum Ausdruck bringt, dass man selbst nur einer von vielen Idioten ist, dass man mit seinen Schwächen nicht allein ist. Und das tut einfach gut.

Diese Form der Selbstkritik ist etwas zutiefst Menschliches. Wie Bernard Shaw bemerkte: „Der Mensch ist das einzige Lebewesen, das von sich eine schlechte Meinung hat." Nun, schlecht ist meine Meinung über mich dann doch nicht, eher amüsiert.

Es gäbe indes eine Konsequenz, die die Menschheit ziehen könnte, nämlich, sich zu verbessern. Man merkt es kaum, aber sie tut es bereits: Sie wird weiblich. Das ist allerdings wieder ein anderes Thema, über das ich mich an anderer Stelle schon ausführlich geäußert habe.

Noch etwas: Wenn ich über die Unzulänglichkeiten der Welt lästere, tue ich das mit einem Augenzwinkern. Die Welt ist einfach so. Aber sie hat auch ihre wundervollen Seiten. Das sollte man nie vergessen.

Ja, diese Welt ist großartig. Natürlich; denn Gott hat sie erschaffen. Gott hat auch die Idioten geschaffen. Warum? Ich weiß es nicht. Aber es muss einen Grund geben, wie bei Sméagol/Gollum in Tolkiens fantastischem Buch „Der Herr der Ringe".

Wir müssen nicht nach dem Grund suchen, wir dürfen uns über die Idioten ärgern und ihnen allen eine lange Nase drehen.